AF326098

Vᶜᵉ RENOU, MAULDE ET COCK

IMPRIMEURS DE LA COMPAGNIE DES COMMISSAIRES-PRISEURS

Rue de Rivoli, 144

Vᵉ RENOU, MAULDE ET COCK

IMPRIMEURS DE LA COMPAGNIE DES COMMISSAIRES-PRISEURS

Rue de Rivoli, 144

Collection PALLA

ESTAMPES

ÉPREUVES DE CHOIX

DES MAÎTRES DES

ÉCOLES ANCIENNES

ŒUVRES DE

CHARDIN, Lancret, WATTEAU

Et autres maîtres des

ÉCOLES DU XVIII* SIÈCLE

Vente les 16, 17, 18, 19 Avril 1873

Mᵉ DELBERGUE-CORMONT   M. VIGNERES

COMMISSAIRE-PRISEUR   MARCHAND D'ESTAMPES

EXPOSITION PUBLIQUE : le Mardi 15 Avril

PARIS — 1873

CATALOGUE

D'une Collection de belles

ESTAMPES

ÉPREUVES DE CHOIX

DES

ÉCOLES ANCIENNES

Van Dyck, Flamen, Claude Lorrain, Rembrandt, Bolswert d'après Rubens
Waterloo, premier état et autres

ÉCOLE DU XVIIIᵉ SIÈCLE

ŒUVRES DE

CHARDIN, Lancret, WATTEAU

Baudouin, Boucher, Demarteau, Freudeberg, Greuze, Lavreince
Reynolds, Strange, etc.

Cabinet de M. PALLA

DONT LA VENTE AUX ENCHÈRES PUBLIQUES AURA LIEU

HOTEL DES COMMISSAIRES-PRISEURS

RUE DROUOT, 5, SALLE Nº 4

Les 16, 17, 18, 19 Avril 1873

A UNE HEURE PRÉCISE

Mᵉ DELBERGUE-CORMONT, Commissaire-Priseur,
rue de Provence, 8,

Assisté de **M. VIGNÈRES**, marchand d'Estampes,
rue de la Monnaie, 21 (ancien 13), à l'entresol,

EXPOSITION PUBLIQUE

Le Mardi 15 Avril 1873, de 1 heure à 4 heures

PARIS — 1873

ORDRE DES VACATIONS

PREMIÈRE VACATION

<table>
<tr><td>École ancienne, Almeloven à Jordaens.......</td><td>N^{os}</td><td>1 à 214</td></tr>
</table>

PREMIÈRE VACATION

École ancienne, Almeloven à Jordaens.......   N^{os}   1 à 214

DEUXIÈME VACATION

La Belle à la fin de l'école ancienne........   N°s 215 à 428

TROISIÈME VACATION

xviiie siècle, Audouin à Janinet ....   N°s 429 à 661

QUATRIÈME VACATION

Lancret à la fin.........................   662 à 891

CONDITIONS DE LA VENTE

L'ordre du Catalogue sera suivi.
Elle sera faite au comptant.
Les Acquéreurs paieront CINQ POUR CENT en sus du prix d'adjudication, applicables aux frais.

M. VIGNÈRES, dirigeant la Vente, se charge des Commissions.

NOTA. Toute commission, sans prix fixé ou sans limite déterminée, sera regardée comme nulle.

M. VIGNÈRES se charge de faire marquer les prix aux Catalogues des ventes qu'il a faites. Les personnes qui le désirent peuvent s'adresser à lui *franco*.

Plusieurs Amateurs éloignés en ont reconnu l'utilité pour les guider dans leurs achats sur les valeurs des Estampes.

Les Catalogues des Ventes à faire seront envoyés aux personnes qui en feront la demande *affranchie*.

AVIS. — Nous prions MM. les Amateurs éloignés de ne pas attendre au dernier jour, pour que les lettres arrivent le matin de la Vente : ils comprendront que quelques lettres peuvent se lire, mais de 20 à 50 lettres, c'est difficile.

M. VIGNÈRES se charge des commissions dans les ventes de Livres et Estampes autres que les siennes.

Choix de Catalogues avec prix marqués.

Encore une étoile disparue de cette pléïade d'Amateurs qui avaient le feu sacré des Arts!

Émule et intime de MM. Dromont, Pelletier et autres, M. Palla était un amateur sérieux, qui ne cherchait pas la quantité, mais voulait la qualité, et préférait attendre, tant qu'il n'avait pas trouvé l'épreuve de la beauté et condition qu'il désirait. Il choisissait et achetait toujours très-bien; il savait saisir les occasions et ne voulait que des pièces de premier choix.

Essentiellement conservateur de ses chères Estampes, il a fait remarger à claire-voie, avec le plus grand soin, un certain nombre de pièces pour avoir l'effet du coup d'œil que donne la marge. Il ne pouvait voir une estampe froissée; aussi, avant d'acquérir une pièce, il la regardait, la retournait et n'en faisait l'acquisition que lorsqu'elle réunissait toutes les qualités désirables.

Cette collection étant composée de pièces superbes, nous aurions pu mettre à chaque pièce : superbe ou magnifique; il ne faudra pas s'étonner si ces mots se trouvent souvent répétés; car il est bien difficile, lorsque l'on décrit une pièce d'une beauté remarquable, de ne pas se laisser aller à mettre une qualification sur l'objet que l'on voit, pour la faire remarquer à celui qui ne peut que lire le Catalogue.

VIGNÈRES.

CATALOGUE

ESTAMPES

DES ÉCOLES ANCIENNES ET XVIIᵉ SIÈCLE

1 **Almeloven**. Paysage à l'eau-forte (B. 35). Très-belle ép.

2 **Anonyme**. Combat d'amour et d'enfant avec des pommes. Jolie eau-forte.

3 **Bakhuisen**. Marine, avant le nº 3 (B. 4). 1ᵉʳ état.

4 — Vue d'une partie de port de mer (9). Superbe.

5 **Barozio** (F.). L'Annonciation (B. 1).

6 — La Vierge assise (2). Très-belle ép. — la copie contre-partie — contre-épreuve. — Autre par A. Carrache. — 4 p.

7 **Barrière** (D.). Combat de galères (R. D. 25).

8 **Bega** (C.) Le Paysan au chapeau bas (B. 17).

9 — Les deux Amoureux (B. 25). Belle ép.

10 — Lé Chanteur. Croquis (27).

11 **Beham** (Barthélemy). Combat d'hommeś nus, environ 23 (B. 18), grande frise. Très-belle ép. rare.

12 **Beham** (H. Sebald). La Vierge au perroquet (B. 19). Superbe ép. d'une charmante petite pièce.

13 — Cimon nourrit par sa fille, 1544 (75). Superbe.

14 — Lucrèce (79). Très-belle ép.

15 — Rhétorica (123). Superbe ép.

16 — Fortuna, 1541 (140). Superbe ép.

17 — Mélencolia, 1539 (144). Très-belle ép.

18 — Saint-Jean Chrisostome (215). Superbe.

19 **Berghem**. La Vache qui pisse (B. 2). Belle ép., sans l'adresse de Witt, avec une petite marge. Col. Galichon.

20 — La Vache couchée près de celle qui est debout (13). — La Vache couchée près de la Vache qui pisse (15). — Les deux Moutons (31). 3 p.

21 — La Vache debout près d'un Mouton couché (25). Très-belle ép. Collection de Arozarena.

22 **Bolswert** (Schelte à). Le Reniement de Saint-Pierre, superbe effet de lumière d'après *Gérard Seghers*. Très-belle ép. in-fol., collée.

23 **Boom** (H.). Le Hameau (B. 1). — La Pièce d'eau (2); les 2 seules pièces du maître. Très-belles ép.

24 **Bosse** (Abraham). Le Sculpteur dans son atelier. Magnifique ép.

25 **Both** (J.). Chariot attelé de bœufs (B. 2), 3er état avec *Matham excud*. Très-belle ép. de la Col. Dreux.

26 — Les deux Mulets (4). Très-belle ép.

27 — Le Pont de pierres (5). *1/6*

28 — Le Trajet (7). Très-belle ép. avant le nom de Both et le numéro. *1/6*

29 **Boulogne** (L. de) le père. La Vierge à l'oiseau (R. D. 4). Très-belle ép.

30 **Bourdon** (S.). Fuites en Égypte, 5 p.; compositions différentes, dont une avant le nom.

31 **Bout** (P.). Les Marchands de poissons (B. 1). ~~Très-belle~~ ép., rare.

32 — Les Chasseurs (4). ~~Très-belle~~ ép., très-rare.

33 **Bry** (Théodore de). L'Age d'or, d'après *Blœmœrt*. Jolie pièce ronde in-4.

34 **Caletti** (J.)., dit Cremonese. David portant la tête de Goliath (B. 2). Rare.

35 — David tenant la tête de Goliath (3). Rare.

36 — Samson et Dalila (4), restaurée. Col. de Arozarena. Trés-rare.

37 — Ducs de Ferrare : Azzo VIII, Obizo VI (15). Rare.

38 **Callot** (J.). Massacre des Innocents (Meaume 5). Superbe ép. 1er état.

39 — Massacre des Innocents (6). Superbe ép. 1er état, avec une petite marge.

40 — Martyre de Saint-Sébastien (137). 1er état, collée, un trou dans le ciel.

41 — La Carrière de Nancy (621). 1er état, collée.

42 — Parterre de Nancy (622). 1er état. Très-belle ép.

43 — Le Jeu de boules (623). 1ᵉʳ état avant le nom de Callot, et même avant les rayures entre les branches du gros arbre. Très-rare.

44 — Les Supplices (665). Superbe ép., 2ᵉ des 7 états. Très-rare à trouver d'une aussi belle condition.

45 — La grande Chasse (711). 1ᵉʳ état. Très-belle ép., collée.

46 — Le Marché d'esclaves, avec la vue de Paris (712). 2ᵉ des 5 états. Superbe ép., avec une petite marge.

47 — Les deux grandes Vues de Paris, Tour de Nesle (713 et 714). 2ᵉ des 4 états. Très-belles ép. 2 p.

48 **Canaletti**. Vues de Venise et ses environs. 20 p. à l'eau-forte, magnifiques ép. avant les lettres et numéros.

49 **Cantarini**, dit le Pesarese. Adam et Eve (B. 1). Col. Robert Dumesnil.

50 — Repos de la Sainte-Famille (3). 1ᵉʳ état avant la lettre. — La même, avec G. *Renus in et fec* et la copie contre-partie. 3 p.

51 — Repos de la Sainte-Famille (4), en travers. — Repos en Égypte (5), en hauteur. 2 p.

52 — Repos de la Sainte-Famille (6). Superbe ép.

53 — Repos en Égypte, octogone (7). Autre en travers (8). Saintes-Familles (12, 13, 14). En tout 5 p.

54 — Vierge et Jésus faisant voltiger un oiseau (18). Superbe.

55 — Vierge et Jésus sur des nuages (19), col. Gervaise, et 2 ép. de la Sainte-Famille (6). 3 p.

56 — Saint Jean-Baptiste dans le désert (23). — Saint-Sébastien (24), 2 ép. 3 p.

57 — La grand Saint-Antoine de Padoue (25). Superbe.

58 — Le petit Saint-Antoine de Padoue (26). Superbe.

59 — L'Ange gardien (28), 2 ép. La copie contre-partie. 3 p.

60 — Mercure et Argus (31). In-fol. superbe.

61 — Vénus et Adonis (33). — La Fortune (34). 1er état. 2 p. très-belles.

62 **Carrache** (Annibal). Le Couronnement d'épines (B. 3).

63 — Le Christ mort, de Caprarole (4), avant l'adresse. Superbe et extrêmement rare.

64 — Le même, avec l'adresse. — Copie contre-partie. 2 p.

65 — La Vierge à l'oiseau (8), 1581.

66 — La Vierge à l'écuelle (9). 1er état.

67 — La Sainte-Famille (11). 1er état.

68 — Madeleine pénitente (16). — La Vierge au corbeau blanc (4), attribuée. 2 p.

69 **Carrache** (Augustin). Petite Sainte-Famille (B. 42).

70 — Le Christ mort, de Caprarole (B. 101). Très-belle ép.

71 — Pan dompté par l'Amour (1 : 6). Très-belle ép.

72 — Andromède (125). — Vénus sur les eaux (129). — Les Grâces (130). Superbes. 3 petites pièces.

73 **Carrache** (L.). Sainte-Famille (B. 4), Col. du chev. Camberlyn.

74 **Castiglione** (B.). L'Entrée dans l'Arche de Noë (B. 1). Très-belle ép., avec une petite marge.

75 **Cœlemans**. Vase de fleurs, d'ap. *Bodesson*.

76 **Corrége** (D'ap.). Vierge donnant le sein à l'Enfant-Jésus, qui se retourne vers le petit Saint-Jean. Belle eau-forte par un maître anonyme : *L.-P. Delin*.

77 **Cranach** (Lucas). Saint-Christophe; deux Apôtres. 2 pièces sur bois.

78 **Curti** (F.). L'Amour dormant, planche ovale. In-4.

79 **Cuyp**. Bestiaux dans des prairies. 6 petites pièces à l'eau-forte.

80 **Dalen**. Aretin. — Bocace. — Giorgion. — Sébastien del Piombo. 4 portraits in-fol. Épreuves splendides, avec marge, de la plus grande fraîcheur.

81 **Deyster**. Agar renvoyée. — Agar consolée par l'ange. — Agar et Ismaël avec un ange qui descend des cieux. Superbe. 3 p. rares.

82 **Drevet** (P.). Portrait de Robert de Cotte, intendant des bâtiments, etc.; in-fol. d'après *Rigaud*. Superbe ép.

83 — Portrait de Guil, cardinal Dubois, archev.,
duc de Cambray, etc., d'ap. *Rigaud*, 1723, année
de sa mort; in-fol. Superbe ép,

84 — Portrait de Samuel Bernard en pied; grand
in-fol., d'ap. *Rigaud*. Très-belle ép. avant
conseiller d'état.

85 — Portrait de Louis XIV en pied, en manteau
royal; grand in-fol., d'ap. *Rigaud*. Très-belle.

86 **Dughet**, dit Gaspre Poussin. L'Homme dans
le bâteau (R. D. 7). Épreuve avant l'adresse de
Mauperché. 1er état.

87 **Dujardin** (C.). Les deux Anes (B. 6), avant le
numéro. Vente Gervaise.

88 **Durer** (Albert). La petite Fortune (B. 78).
89 — Le Cavalier et la Dame à cheval (82).
Belle ép.

90 — Armoirie à la tête de mort (101) restaurée
dans le crâne.

91 **Du Vivier** (G.). Deux Femmes dans une cuisine. Jolie eau-forte.

92 **Dyck** (Van). Portrait de Ivdocvs Citermans,
peintre, avec G. H.

93 — Paulus du Pont Calcographus.

94 — Ivdocvs de Momper, avec *Mart. vanden Enden
excudit Cum privilegio.*

95 — Joannes Snellinx Pictor.

96 — Ioannes de Wael, avec *G. H.*
Ces 5 p., eaux-fortes originales, sont tres-belles.

97 **Dyck** (D'ap. Van). Anna Wake, par *P. Clouwet*.
— Comtesse de Portland, par *Hollar*, avec Jean
Meyssens. 2 p.

98 — Jeanne de Blois. *Gillis Hendricx excudit*.
Superbe ép., papier à la folie.

99 — Simon de Vos, avec *G. H.* — Marie-Claire de
Croy, par *Waumans*, avec Jean Meysens.

100 — Petrus de Jode. Superbe ép. avec *G. H.*,
gravé par *Vorsterman*.

101 — Jean Livens, par *Vorsterman*, avec *G. H.*
gratté.

102 — Charles de Mallery, par *Vorsterman* avec
G. H.

103 — Isabelle-Claire-Eugénie. — Cachiopin. 2 p.,
par *Vorsterman*.

104 — Ant. van Opstal, peintre. Superbe ép., avant
Jacobus de Man. 1er état.

105 — Béatrix de Cusance de Cantecroix, par *P. de
Jode*. Superbe avec *Joannes Meyssens excudit*.

106 **Dyck** (D'ap. V.). Vierge et Jésus adorés par
une Sainte. Superbe ép., petit in-fol., par *S. à
Bolswert*. Tiou.

107 — Deux Anges présentant Joseph Hermann à
la Vierge. Superbe ép. in-fol., par *P. Pontiu*
A. Bonenfant ex. Mariette

108 — Portrait en pied de N. Vander Borcht, par
Vermeulen; grand in-fol.

109 — Le Corps du Christ soutenu par la Vierge et
saint Jean ; grand in-fol., par *Caukerken*. Superbe.

110 — Sainte-Famille avec huit petits Anges qui
dansent ; grand in-fol., par *Bolswert*. Superbe
ép. 1er état, avec Martinus van den Enden.

111 **Eaux fortes italiennes**. Saint Pierre lisant,
Saturne dévorant un de ses enfants. 2 p.

112 **Ecole de Fontainebleau**. Statue, par Léon
Daven, le Satyre et la Nymphe, la Femme et
l'Enfant, Coupe ornée de 4 figures. 4 p.

113 **Edelinck** (G.). Portrait de Phil. de Champaigne,
peintre (R. D. 164). 1er état; restauré.

114 — Portrait de van den Baugart, dit Desjardins,
sculpteur (182). Très-belle ép. in-fol. 2e des
quatre états, avant toute adresse.

115 **Endlinger** (J.). Jeune Fille tenant un Chat.
Jolie petite eau-forte.

116 **Falcone** (Ang.). Tombeau d'ap. le Parmesan
(B. 13). Très-rare ép. avant toute lettre. — Le
même, avant les mots *Donati Rascicoti form.* à
la suite du nom. 2 p.

117 **Fialetti** (Od.). Vénus et l'Amour. Quatre compositions différentes; une est avant les vers au
bas.

118 **Ficquet**. Portrait de Lamothe-Levayer.
Superbe ép., avant les noms d'artiste.

119 — 1759. Françoise d'Aubigné, marquise de
Maintenon, d'ap. *Mignard*. Très-belle ép., sur
papier double.

120 — Molière, d'ap. *Coypel*. Superbe ép. avec les
noms d'artistes en petits caractères.

E. ANCIENNES

121 Flamen (Albert). Diuersæ Auium specie studiosissime ad vitam delineatæ 1659. Oiseaux, 19 p. dont quelques doubles (R. R. 389 à 401).

122 — Poissons (452, 453, 456, 468, 470). 5 p.

123 — Livre d'Oiseaux, dédiées à messire Gilles Foucquet, 12 p. Superbes ép.) 1er état (402 à 413).

124 — Veue de Charantonneau, du côté de Charenton, Sainct Maurice (493). Superbe.

125 — Veue des Arcades de Jentilly (494). Superbe.

126 — Veue de Halfort, de dessus le pont de Charenton (495). Très-belle.

127 — Veue du Bourg-la-Reyne, du costé de Fontenay-aux-Roses (497). Superbe ép., avant le n°.

128 — Veue du chasteau et village d'Estiolle, près Corbeil (499). Superbe ép.

129 — Veue de Saint-Germain et Corbeil, de dessus la rivière (500). Superbe ép.

130 — Veue du Fauxbourg-Saint-Léonard à Corbeil (503). Très-belle ép.

131 — Veue des Moulins à pouldre d'Essonne, et de la Commanderie de saint Iean en lisle (505). Très-belle.

132 — Une partie du village de Gentilly, veu de dessus le pont (506). Belle.

133 — Gentilly, veu du chemin hault qui vient du faubourg Sainct Marceau (507). Très-belle.

134 — Veue du Parterre de la maison de Mons. de Seue, abbé de l'Isle a Issy (510). Superbe ép., avant le n° 7.

135 — Paysage, veu de dessoubs les arcades de l'Aqueduc d'Arqueuïl (511). Superbe ép., avant le n° 2.

136 — Le chasteau de Peray, près Corbeil, a M. Tronson, veu du costé du jardin (513). Superbe ép., avant le n° 10.

137 — Veue de Baigneux, du costé de Fontenay-aux-Roses (514). Très-belle ép.

138 — Le village de Chastillon, veu du costé de Baigneux (515). Superbe ép., avant le n°.

139 — Veue du port a l'Anglois, du costé de Charenton (520). Superbe ép.

140 — Veue de Conflan du costé d'Ivry (521). Superbe.

141 — Veue du Peray du costé de Corbeil (522). Superbe.

142 — Veue de Marcoussy du costé de Montlehery (523). Superbe ép. Rare,

143 — Veue de Longuetoise du costé des Prez et du chemin de Saint-Hilaire (526). Très-belle ép. *Iacques Lagniet excudit.*

144 — Veue du grand canal de Longuetoise (527). Superbe ép. 1ᵉʳ état, avant le n° 4.

145 — Veue de Longuetoise du haut de la petite Garenne (528). Superbe ép. 1ᵉʳ état, avant le n°.

146 — Veue de Longuetoise du haut de la grande Garenne (529). Superbe ép.

147 — Chemin de Saint-Mars et partie de la basse-cour de Longuetoise (530). Superbe ép. *Lagniet excudit*, avant-dernier état avant le n°.

148 — Veue de l'église de Moulineux et Commanderie de Chalo (535). Superbe ép., ~~avant le 1er~~.

149 — Veue de Soisy et de la Maison de Monsieur
le Président Bailleu, le long de la rivière de
Seine (538). Superbe ép.

150 — Veue de la Maison de Monsieur le Vasseur et
village d'Etiolle, du côté de Saint-Germain (539).
Signée 23 juillet 1772. Superbe ép.

151 — Veue du chasteau du Peray, appartenant a
Monsieur Trouson, du costé de Fresne, proche
Corbeil (540). Superbe ép. Signée 1772.

152 — L'Homme suivi de son Chien (561). Très-
belle ép. avec une petite marge.

153 Gellée (Claude), dit Claude Lorrain. La Fuite
en Egypte (R. D. 1). 1er état. Superbe ép.

154 — L'Apparition (2). ~~Superbe ép~~. 1er état. Col.
R. Duménil.

155 — Le Passage du Gué (3). Superbe ép. 1er état.

156 — Le Troupeau à l'Abreuvoir (4). Superbe ép.
1er état, avec grande marge.

157 — La Tempète (5). Superbe ép., avant dernier
état.

158 — La Danse au bord de l'eau (6) Très-
belle ép.

159 — Le Naufrage (7). Très-belle ép.

160 — Le Bouvier (8), avant-dernier état.

161 — La Danse sous les arbres (10). Très-belle ép.
avant-dernier état. Col. van Esdaille.

162 — Le Port de mer au fanal (11). Superbe ép.

163 — Scène de brigands (12), Superbe ép. avant-dernier état. Col. Galichon.

164 — Le Port de mer à la Grosse-Tour (13). Très-belle ép. *abîmé*

165 — Le Pont de bois (14). Superbe ép.

166 — Le Soleil couchant (15). Très-belle ép. du 3e des cinq état. Rare.

167 — Le Départ pour les champs (16). Superbe ép. avant-dernier état. Rare.

168 — Mercure et Argus (17). Superbe épreuve. 1er état.

169 — Le Troupeau en marche par un temps orageux (18). Superbe ép. 1er état.

170 — Le Chevrier (19). Très-belle ép.

171 — Le Temps, Apollon et les Saisons (20). Superbe ép.

172 — Berger et Bergère conversant (21). Superbe ép. 2e état. Col. R. Duménil, avec une petite marge.

173 — Le même, avant-dernier état. Superbe ép.

174 — L'Enlèvement d'Europe. (22). Très-belle ép. 1er état. Collée.

175 — Le Campo-Vaccino (23), Belle ép., avec une contre-épreuve. 2 p.

176 — Le Pâtre et la Bergère (25). 1er état, avant les angles terminés. Rare.

177 — Les trois Chèvres (26). Superbe ép. 1e état.

178 — Les quatre Chèvres (27). Très-belle épr. 1er état.

179 — Étude d'une scène de brigands (39). Les deux Paysages (40). 3 p.

180 **G. L.** 1668 (Monogramme). L'Amour près d'une Femme qui se mire. Petite pièce ovale. Très-belle et très-rare.

181 **Ghisi** (Georges). La Sainte-Vierge saluant sainte Elisabeth ; in-fol. d'ap. *Salviati* (B. 1), doublé.. Col. F. Debois, 1841.

182 — Vénus embrassant Adonis au retour de la chasse (42). ~~Belle ép~~.

183 **Goudt** (Comte). Tobie et l'Ange traversant le ruisseau. Très-belle ép.

184 — L'Ange près de Tobie, qui traîne le poisson Très-belle ép.

185 — Cérès changeant Stelion en lézard d'après *Elsheimer*. Superbe ép.

186 **Guerchin** ? Un Homme et une Femme qui se battent au couteau (B. 1.). Des pièces douteuses.

187 — Cavalier offrant de l'argent à une Femme qui a l'Amour derrière elle. Eau-forte in-4 (Attribuée).

188 **Guide**. Vierge et Jésus (B. 1.). Très-belle ép. Col. de Arozarena.

189 — Vierge et Jésus dans un rond (4). Belle.

190 — Vierge, Jésus et saint Jean (6). Col. Dreux.

191 — La même (6). — Sainte-Famille, contre-partie du (8). 2 p.

192 — Sainte-Famille (9). 1er état, avant *Guido Reni fecit* et 2e état, avec le nom. 2 p.

193 — Enlèvement d'Europe (34). 2 ép. et 2 en
contre-partie. 4 p.

194 — Jeune Fille portant un coussin (48).— Jeune
Fille portant un crucifiix (49). 2 p. 1ᵉʳ état, d'ap.
le *Parmesan*.

195 **Ecole du Guide**. Vierge et Jésus (B. 2) et
autres Vierges et Jésus, anonymes. 3 p.

196 **Fyt** (J.). Les Renards (B. 8). Jolie petite eau-
forte.

197 — Les deux Dogues (12). 1ᵉʳ état.

198 — Le Chien et la Chienne (14). 1ᵉʳ état.
Superbe.

199 **H. B**. Paysage à l'eau-forte, et deux autres
anonymes. 3 p.

200 **Hagedorn**. Paysage à l'eau forte. 4 p.

201 **Hollar**. Diane dormant d'ap. *Pontius*. Très-belle.

202 — Buste de Femme. — Marine. 2 p. très-belles.

203 **Hopfer** (Daniel). La Vierge sur un trône.
Superbe ép. avant le n°.

204 **I. B. M**. 1539 (Monog.). Vierge allaitant Jésus.
Très-belle ép. d'une petite p.

205 **Jonck Heer** F. Les trois Lévriers (B. I. p,
116. 1.). Les quatre Lévriers (2). 2 Eaux-fortes
superbes. Papier à la folie.

206 **Jordaens**. Jupiter nourri par la chèvre
Amalthée. Très-belle ép. avant Blooteling. P.
Mariette, 1695.

207 — Cacus tirant par la queue un des bœufs d'Hercule. Très-belle ép. avant Blooteling.

208 **Jordaens** (D'après). Le jeune Faune jouant de la flûte, par *S. A. Bolswert*. Superbe ép. avant Blooteling. Collection P. Mariette 1657 (vendue 83 fr.).

209 — Jupiter pleurant pendant que l'on trait la chèvre Amalthée, par *S. A. Bolswert*. Superbe ép. in-fol., doublée.

210 — Le Concert après la collation, par *S. A. Bolswert*. Superbe ép. in-fol., avant Blooteling.

211 — Le Satyre et le Paysan. In-fol. par *J. Neefs*, avant le n° 12 dans la marge à droite.

212 — Adoration des Bergers, in-fol. par *Marinus*. Belle.

213 — Jupiter et Mercure chez Philémon et Baucis, grand in-fol., par *Lauwers*. Très-belle.

214 — Le Roi boit, grand in-fol., avant toute lettre; très-belle ép. par *P. Pontius*. Très-rare de cette condition.

215 **Labelle** (Ét. de). Sainte Famille, Enfant Satyre sur un bouc et autre. 3 p.

216 **Laer** (P. de). Sujets de chevaux, 6 petites pièces à l'eau-forte (B. 9 — 14).

217 — Les Chevaux (2). — Les Cochons et les Anes (4). — Les Chèvres (5). — Les Chiens (6). — 4 p. superbes.

218 — Les deux Cavaliers (17), petite pièce rare.

219 **Lafage**. Bacchanale, eau-forte originale très-
belle.

220 **La Hyre** (L. de). La Vierge au coussin, d'après
son tableau qui est au Musée (R. D. 7). Très-
belle ép.

221 — La Vierge de Douleur (13). Superbe ép. avec
marge.

222 **Lautensack** 1553. Le Rocher. Superbe ép.
(B. 28).

223 **Lauwers** (C.). Saint Pierre pleurant, in-fol.
d'ap. *Cossiers*. Collée.

224 **Le Clerc** (Seb.). Puer parvulus: Jeune berger
conduisant un troupeau de moutons, où se trouve
un lion, un ours, etc. Superbe ép. avant la lettre
avec marge. Col. Debois 1839.

225 — Marche de bagage d'armée; avec siége de for-
teresse avant le titre et la bordure.

226 **Le Ducq**. La Chienne et son petit (B. 4). Sup.
ép., 1er état avant le nom et le chiffre.

227 — Les deux Chiens s'arrachant une proie (5)
1661. Superbe ép.

228 — Le Chien buvant dans l'auge (8). Superbe.

229 **Leoni** (Ottavio). Son portrait 1625. Superbe.

230 **Lesueur** (D'ap.). Martyre de saint Laurent,
grand in-fol., par *Gérard Audran*. Superbe.

231 **Loli** (Laurent). La Vierge, l'Enfant-Jésus et Saint
Jean (B. 5). — Saint Jérôme (14). Très-belle ép.
2 p.

232 — Deux Amours luttant ensemble (19). — L'Amour rompant son arc (23). 2 p. très-belles.

233 — Le Génie des Arts (30). — La Renommée (31). 2 p. très-belles.

234 **Manglard**. Paysage à l'eau-forte. Belle ép.

235 **Maratte** (Carle). Vierge, Jésus et la Madeleine (B. 6). — Mariage de sainte Catherine (10), 2 p. Superbes ép. avant le nom.

236 **Mariette** (Chez). Madame de*** en Magdeleine. Superbe ép. marge.

237 **Masson**. Les Disciples d'Émaüs (dite la nappe). Grand in-fol., d'ap. *Titien* (R. D. 5).

238 **Mauperché**. Repos de la Sainte Famille en Égypte, paysage (R. D. 22).

239 — Le Supplice de Marsyas (27). Très-belle ép.

240 — Le Pont de pierre à la Croix (31). — Le Groupe de trois figures (32). 2 Superbes ép.

241 **Mignard** (D'ap). La peste d'Eaque, grand in-fol., par *Gérard Audran*. Très-belle ép., la Junon est avant les ailes.

242 — Portement de Croix, par *Gérard Audran*. Très-grand in-fol., Superbe ép.; 1er état avant la lettre, avant la planche réduite.

243 **Mola** (F.). Vierge donnant le sein à Jésus. Petite eau-forte très-belle.

244 **Montaigne**. La Tempête. — Le bord de la Mer, 2 p. Très-belles ép.

245 — Le Corps du Christ dans son tombeau, d'ap. *P. de Champagne*, grand in-fol. Très-belle.

246 **Morin**. La chasse au Canard, d'ap. *Fouquière*. Très-belle ép.

247 — Portrait du Cardinal Bentivoglio, d'ap. *Van Dyck* (R. D. 43). Superbe ép., chef-d'œuvre du maître.

248 — Marguerite Lemon amie de *Van Dyck*, d'ap. lui. ~~Très-belle~~ ép. marge.

249 — Omer Talon, d'ap. *Champagne* (74). Superbe ép. marge.

250 **Naiwinck**. Le Chemin près des Rochers (B. 7). Superbe ép. rare.

251 — Le petit Pont de bois (12). Superbe ép. rare.

252 — Le Rocher près de la Cascade (16). Superbe ép. rare.

253 **Nanteuil**. Portrait de Marie Jeanne-Baptiste, duchesse de Savoie 1678 (R. D. 169). Magnifique ép., 1ᵉʳ état marge.

254 — 1668. Steenberghen dit l'Avocat de Hollande (226). Superbe ép., 1ᵉʳ état.

255 **Orley** (Van). Vertumne et Pomone; c'est une des plus jolies pièces du maître, eau-forte in-4.

256 **Ostade** (A. V.). Les trois Buveurs (B. 13). Superbe ép.

257 — La même, très-belle ép.

258 — La Poupée demandée (16). Magnifique ép.

259 — Le Maître d'École (17). ~~Superbe~~.

260 — Le Coup de couteau (18). Superbe.

261 — Le Pêcheur sur le petit Pont (26). Superbe.

262 — Le Père de Famille (33). Superbe.

263 **P . P .** (Monog.). L'Amour embrassant une Nymphe; jolie petite eau-forte par un anonyme de l'École française. Col. R. Dumenil.

264 **Palma** (Jacques) le jeune. La Sculpture et la Peinture.—Jésus-Christ faisant toucher sa plaie. 2 belles eaux-fortes.

265 **Panneels** (Guil.). Saint Sébastien. — Ange apportant à boire et à manger à un sol taire, d'ap. *Rubens.* 2 p. in-4.

266 **Parmesan**. Vierge et Jésus, très-petite eau-forte rare (B. 4).

267 — Saint Pierre et saint Jean guérissant les malades à la porte du temple (7). Coupée en trois morceaux au milieu des colonnes.

268 **Pencz** (Georges). Tarquin et Lucrèce (B. 78). Très-belle.

269 — Virginius (84). Très-belle ép.

270 **Pièce historique**. Entrée triomphale très-ancienne, pièce curieuse. Rare.

271 **Poilly** (F. de). Saint Jean dans l'île de Pathmos écrivant son Apocalypse, d'ap. *Le Brun* in-fol. Superbe ép. avant la lettre.

272 — Sainte Famille au berceau, d'ap. *Raphaël.* Très-belle ép. in-fol.

273 — Adoration des Bergers, d'ap. *Guido Reni*; sujet dans un octogone. Superbe ép., 1er état avant les deux anges et avant que la bordure soit ombrée avec marge. Pièce in-fol.

274 — La même, pareil état, restaurée sur les bords.

275 **Potter** (Paul). Les deux Bœufs qui se battent (B. 7). Très-belle ép. avant le n°.

276 **Poussin** (d'ap. N.). Paysages par *Baudet* Poly-
phème, Diogène et autres. 5 p. très-grand in-fol.

277 **Primatice**. Les deux Femmes romaines.
Belle ép.

278 **Raimondi** (Marc-Antoine). La Charité (B. 386).
La Tempérance (390). — L'Espérance (391). — La
Femme tenant un disque, 4 p. Figures dans des
niches.

279 — Massacre des Innocents (20). Ép. avec les 4
coins coupés.

280 **Raphaël** (D'ap.). Sainte Famille; Saint Jean
verse de l'eau sur Jésus pour le baigner. Superbe
eau-forte, petit in-fol.

281 **Rembrandt**. Son portrait avec sa femme
(B. 19). Très-belle ép.

282 — Abraham et les trois Anges (29). Superbe ép.
avec une petite marge. Col. Dreux.

283 — Sacrifice d'Abraham (35), l'Ange arrête le
bras. Superbe ép. avec une petite marge.

284 — Jésus au jardin des Oliviers (75). Superbe.

285 — Le retour de l'Enfant prodigue (91). Très-
belle ép.

286 — La Mort de la Vierge (99). Sur chine collée.

287 — La Faiseuse de Kouk's (124). Très-belle.

288 — Le Joueur de Cartes (136). Belle ép. Col. Debois.

289 — Le Persan (152). Belle ép.

290 — La Coquille, copie de (159), pièce de la plus
grande rareté. Superbe avec le fond blanc.

291 — Paysan déguenillé, les mains derrière le dos
(172). Superbe.

292 — Femme nue les pieds dans l'eau (200). ~~Très~~ belle.

293 — Le Moulin de Rembrandt (233). ~~Superbe ép.~~ avec une petite marge.

294 — L'Abreuvoir à la Vache (237). Très-belle ép. collée.

295 — Vieillard à barbe carrée (265). ~~Très-belle~~

296 — Portrait de Jean Silvius, ministre d'Amsterdam (266). ~~Superbe~~ ép.

297 — Menassé Ben-Israël (269). ~~Très-bell~~e ép.

298 — Buste de la mère de Rembrandt (349). Sup.

299 — Jeune Fille avec panier (356). Superbe ép. d'une petite pièce rare.

300 — Griffonements à la tête de la femme de Rembrandt (365). Très-belle ép.

301 **Ribera**. Le corps du Christ au bas de la croix (B. 1). Très-belle ép.

302 — La même. Belle ép.

303 — Saint Jérôme de profil (3). Très-belle.

304 — Saint Jérôme étonné par l'ange, qui sonne de la trompette (4). Superbe.

305 — Saint Jérôme étonné par les sons de la trompette (5). ~~Très-belle ép.~~, avec les coulures d'eau-forte très-apparentes.

306 — Saint Pierre priant (7). Très-belle.

307 — Le Poëte (10). Superbe ép.

308 **Roghman**. La Chute d'eau (B. 30). Très-belle.

309 **Roos** (J.-H.). La Chèvre et les deux Moutons
près de la haye (B. 14). Superbe.

310 — Le Groupe des cinq moutons (23). — Les
Moutons en repos (27). — Les Moutons au pied
de l'arbre (30). 3 p.

311 **Rossi** (Jérôme) le vieux. Deux Enfants nus sur
un lit, dont un ouvre le rideau (B. 4). *P.
Mariette*, 1666.

312 **Rubeis** (Hier. de). Vierge et Jésus adorés par
St François et St Jérôme, d'ap. *L. Carrache.*
In-fol.

313 **Rubens**. Portrait d'Helena Forman, femme de
Rubens. Eau-forte originale, petit in-4. Rare
ép. avant le nom.

314 — La Danse en rond, par *S.-A. Bolswert* Gillis
Hendricx excudit. — Le même sujet, réduction
à l'eau-forte. *Leo van Heil excudit*, eau-forte
très-rare. Petit in-fol.

315 — La Laitière. C'est un des beaux paysages du
maître. Superbe ép. avant toute lettre.

316 — L'Arc-en-Ciel. — Lever du Soleil. — Clair
de Lune. — Le Berger. — L'Abreuvoir. — Les
Amusements de la noblesse à la campagne, etc.
8 paysages par *S.-A. Bolswert*. Très-belles ép.

317 — Les Bergers, dédié à Martin van den Enden,
avec son adresse. — Le même, *Gillis Hendricx
excudit.* 2 p. par *S.-A. Bolswert*. Superbes.

318 — Chasse au sanglier, paysage par *S.-A.
Bolswert.* Col. van Esdaille et Dr Chauncey.

319 — Mariage de la Vierge, par *S.-A. Bolswert*. Magnifique ép. avant toute lettre.

320 — Sainte Thérèse intercédant près de Jésus-Christ pour les âmes du Purgatoire, par *S.-A. Bolswert*, avec *Martin van den Enden*. Superbe ép.

321 — Sainte-Cécile, par *S.-A. Bolswert. Gillis Hendriex excudit*. Collée.

322 — Nymphes revenant de la chasse, accompagnées de Satyres portant des fruits, par *S.-A. Bolswert*. Collée.

323 — Vénus allaitant les Amours : CRESCETIS AMORES, par *Corn. Galle*. Magnifique ép. in-4. Col. Scitivaux.

324 — Le corps du Christ sur les genoux de la Vierge; la Madeleine baise la main du Christ, par *Cornelius Galle*, avec la couronne d'épines que Basan dit ne pas s'y trouver. Très-belle ép. in-fol.

325 — Silène ivre soutenu par un satyre et un silvain; in-fol. sur bois par *Christoffel Iegher*. Superbe ép.

326 — Sancte Roche ora pro nobis; grand in-fol. par *P. Pontius*. Chef-d'œuvre de peinture et de gravure.

327 — Thomiris faisant plonger la tête de Cirus dans un bassin plein de sang humain, par *P. Pontius*. Pièce capitale, très-belle ép.

328 — Soldats faisant tapage, par *F. van den Wyngaerde*. Très-belle ép., avec marge

329 — La Sainte-Famille, avec le petit saint Jean qui s'appuie sur la tête de son mouton, par *J. Witdoeck*. 1er état avant Moermans.

330 — L'Ange conduisant l'âne dans la fuite en Égypte; in-fol. par *Marinus*. — La même réduction en contre-partie, sans aucune lettre. 2 p.

331 — Résurrection de Lazare; très-grand in-fol. par *Boece a Bolswert*. Superbe.

332 — Fête flamande ou kermesse, par *Fessard;* grand in-fol. sans marge, remargée.

333 — Sainte-Famille avec trois enfants qui amènent le mouton; grand in-fol. par *Iegher*, sur bois, imp. avec ton et blanc ménagé. Très-belle.

334 — Saint Ignace de Loyola. — Saint François Xavier. 2 compositions grand in-fol., par *Marinus*. Superbes ép.

335 — Saint Ignace et les Possédés, par *Marinus*.

336 — La Madeleine et Jésus chez le Pharisien, par *Natalis*. Grand in-fol., collée.

337 — Saint Ambroise refusant l'entrée du temple à l'empereur Théodose; grand in-fol., par *Schmuzer*, 1784. Superbe ép., état, très-rare avant les armes et avant la lettre, avec les noms d'artistes à la pointe. Belle marge.

338 — Decius haranguant ses troupes. Rare ép. tirée sur satin.

339 **Ruysdael.** Le petit Pont de bois (B. 1). Belle ép. d'une grande finesse.

340 — La même. Très-belle ép., plus vigoureuse.

341 — Les deux Hommes et leur chien (2). Col. Robelot.

342 — L'Arbre penché sur la rivière (3). Col. Robelot.

343 **Saftleven**. L'Hiver (B. 25). — La Femme trayant la vache (34). 2 p. à l'eau-forte.

344 **Sandrart**. La Flore du Titien. In-4.

345 **Scarcello**. L'Amour tirant de l'arc sur un dauphin (4). Les trois Amours (5). — La Fortune (6). 3 belles eaux-fortes.

346 **Schongauer** (M.). Sainte Barbe (B. 63) malade et restaurée.

347 **Schut** (Corneille). Vierge et Jésus. In-4.

348 — Bacchus, Cérès, Pomone. — Mars, Flore, Vénus. 2 p. in-4 en ovale. Superbes ép.

349 — Musica. — Gramatica. 2 p. petit in-fol.

350 — Neptune. — Enlèvement d'Europe. 2 p.

351 **Sichem** (C.-V.). Buste d'homme tenant son gant, sur bois, d'ap. *Goltzius*.

352 **Silvestre** (I.). Vues et perspective de la tour de Nesle et de l'hôtel de Nevers. Très-belle ép.

353 **Sirani** (J.-A.). Lucrèce (B. 1). Eau-forte.

354 **Solario** (D'après Andreas de), 1636. La Vierge au coussin, Aug. Quesnel excudit, 1er état. — 2e état, *Ego dilecto meo*. etc. 2 p. in-4.

355 **Stoop** (D.). Deux Chevaux au vert (B. 3). Superbe ép. avant le numéro.

356 — Deux Chevaux de traits (7). Superbe ép. avant le numéro.

357 — Les Chevaux qui s'abreuvent (8). Superbe ép. avant le numéro.

358 — Le Cheval au piquet (9). ~~Belle ép.~~ avant le numéro.

359 — Le Cheval qui pisse (10). Superbe ép. avant le numéro.

360 — Le Cheval près de l'auge (11). ~~Superbe~~ ép. avant le numéro, avec une petite marge.

361 — Le Gardien de la meute (12). Superbe ép. avant le numéro.

362 **Strada** (Vespasiano). Mariage de sainte Catherine. Eau-forte, in-4. *Nic van Aelst.*

263 **Swanevelt** (H.). La petite Cascade (B. 80). Magnifique ép. avec *ex.*

264 — Le Soir (81). Très-rare ép. avant *H. S. fe* et *ex p*. *Re.*

365 — Le même. Superbe ép. avec *ex.*

366 — Le petit Pont de bois (82). Très-belle ép. avec *ex.*

367 — La Porte de ville (92). Très-belle ép. avec *excudit.*

368 — Fuite en Égypte (98), avec *excudit* et *cum privilegio.* Très-belle ép.

369 — Vénus exerce Adonis à la chasse aux lièvres (104), avec *Excudit.* Belle ép.

370 — La mort d'Adonis (105). Très-belle ép. avec *Excudit.*

371 — La Montagne (113). Très-belle ép. avec *Excudit.*

372 — Le Bouquet d'arbres (115), avec *excudit.*

373 — Les Cochons (32) et Paysages (290. 294, 318). 4 pièces.

374 **Teniers** (D.), *in. et excudit*. Le Joueur de violon; au fond trois paysans à la cheminée. Petite pièce in-8 en travers d'une pointe très-fine.

375 — Le Clair de lune; des paysans à droite se chauffent près d'une chaumière. In-4.

376 — A droite, trois paysans causent, dont un assis; au fond, à gauche, un homme marche vers la porte de la maison.

377 — Le Buveur amoureux. Belle eau-forte, in-4.

378 — La Danse devant le cabaret, le joueur de musette à droite; petit in-fol. Cl. Augustin Mariette.

379 — Le Jeu de boules; au milieu un paysan assis sur un banc. C. Augustin Mariette.

380 — Les Tireurs d'arc. Petit in-fol.

381 — Fête flamande; au milieu deux danseurs, et un chien noir qui se sauve. D. Teniers Fec. Abraham Teniers excudit.

382 — Buste de vieillard à grande barbe, avec fourrures. In-4 en hauteur,
Ces 9 pièces sont très-belles et très-rares.

383 **Uden** (Lucas van). Le Joueur de musette : paysage (B. 32). Superbe, avec une petite marge.

384 **Uytenbrouck**? (Moïse van). Satyre et Nymphe; petite pièce anonyme. Col. Camberlyn.

385 **Vaillant** (W). Deux Femmes et un Homme à mi-corps, d'ap. *Titien*. Manière noire, in-4.

386 **Valésio** (J.-L.). Satyre empêchant Vénus de châtier l'Amour. Col. van den Zande.

387 **Velde** (Adrien van de). Les deux Vaches et le Mouton (B. 4). — Le Bœuf pie (12). 2 pièces très-belles.

388 — La Vache et les deux Moutons au pied d'un arbre (11). — Le Bœuf pie (12). — Les deux Vaches au pied d'un arbre (13). — La Brebis (14). — Les deux Moutons (15). 5 p. Superbes épreuves.

389 **Vénitien** (Aug.). Vénus et l'Amour, 1516 (B. 286), 2ᵉ état. — La même, 4ᵉ état. 2 p. in-4.

390 **Vermeulen**. Portrait de Marie-Louise de Tassis, à mi-corps. In-fol., avant toute lettre.

391 **Vinne** (V. der). De Hofstede Sparenhout : Vue.

392 **Visscher** (Corneille). Le gros Chat dormant. Superbe.

393 — La Bohémienne. *Clément de Ionghe ex.* Superbe ép., signée *P. Mariette, 1674 ; J.-G. — Wille, 1775.*

394 — La Souricière. Superbe ép., sans marge.

395 **Visscher** (J. de). Le Joueur de violon au cabaret, d'ap. *Ostade.* Très-belle ép., la planche entière, collée.

396 — Les Joueurs devant la porte du cabaret, d'ap. *Ostade.* Belle ép. collée. Col. P. Visscher.

397 **Vlieger** (Simon de). La Forêt claire (B. 3), pet.

398 — Le Transport du blé (5). Jolie pièce, très-belle.

399 — Le Bois près du canal (6).

400 — Le Bourg (9). Pièce capitale, très-belle.

401 — Le Levrier et le Chien courant (11). — Les deux Levriers (12). — Les Moutons (15). — Les Oies (17). — Les Dindes (18). — Les Chèvres (19). Le Chien enchaîné (20).
Ces 7 pièces d'animaux sont superbes, pourront être divisés.

402 **Waterlo**. L'Échelle conduisant à l'eau (16). Superbe ép. 1er état, sur papier à la folie.

403 — La Maison garnie de verdure, au bord de la rivière (54). Très-belle ép.

404 — Le Paysan sur le chemin large (69). 1er état.

405 — Le Pays désert, couvert de rochers (74). Superbe ép. avec marge.

406 — Les deux Chemins au ruisseau (89). Très-belle ép. Col. Camberlyn.

407 — Le même. Belle ép. avec une petite marge. Col. Camberlyn.

408 — Le Village au bord du canal (91). Col. Camberlyn.

409 — Le Village sur la colline (92). Col. Camberlyn. Superbe ép. avec une petite marge.

410 — Le Village dans la vallée (93). Col. Camberlyn.

411 — Les deux Ponts de pierre (101). Très-belle ép. Collée.

412 — Le grand Tilleul devant l'auberge (113). Superbe ép., papier à la folie.

413 — La Ferme au bord de l'eau (116). ~~Très~~-belle.

414 — Le Cavalier près de la haie (117). ~~Superbe~~.

415 — Le Chien buvant dans le ruisseau (120). Avant des travaux sur les troncs d'arbres.

416 — La Mère et ses trois Enfants en repos (122). Superbe ép., papier à la folie.

417 — Apollon et Daphné (126). Superbe ép., papier à la folie.

418 — Le Départ d'Agar (131). Superbe ép. papier à la folie.

419 — Agar consolée par l'Ange (132). Superbe.

420 — Le jeune Tobie et l'Ange (134). Magnifique ép., papier à la folie.

421 — Sephora circoncisant son fils (135). Superbe ép., papier à la folie,

422 — Elie dans le Désert (136). Superbe ép.

423 **Wyck** (Thomas). La Fileuse au fuseau (B 1). Petite pièce, extrèmement rare.

424 — La Couseuse (3). — Les Matelots occupés sur le rivage (17). 2 p.

425 — Les Cuisinières près du puit (13). Pièce capitale du maître. Très-belle.

426 **Zeeman**. Het veer van de Uytersche Schiet-Schuyten 5 (B. 51). Belle ép.

427 **Zuccarelli** del et scul. Vierge, Jésus et une autre femme, d'ap. *André del Sarto*. — La Vierge au sac, d'ap. Raphaël. 2 p.

428 **Divers**. Bosse, Claude Lorrain, Sadler. 15 p.

ESTAMPES

DES

ÉCOLES DU XVIIIe SIÈCLE

ET MODERNES

429 **Audouin**. Jupiter et Antiope, d'ap. le *Corrége*. Superbe ép. d'artiste, les noms à la pointe.

430 **Balechou**. Le Midi. Jolie petite pièce, d'ap. *Jeaurat*, avec six vers au bas.

431 — Sainte Geneviève, d'ap. *Vanloo*. Ep. avant toute lettre, avec des essais de pointe dans la marge.

432 **Basan**. Le Cordonnier hollandais, d'après *Sckouman*. Petit in-fol.

433 **Baudouin** (D'ap.). Jusque dans la moindre chose : Jolie Femme effeuillant une rose ; grand in-4, par *Masquelier*. Superbe ép. marge.

434 — Le Lever. Très-rare ép. avant la bordure, d'une des plus charmantes pièces du maître.

435 — Le Lever. avec la bordure, par *Massard* 1771. Superbe ép.

436 — La Toilette, par *Ponce* 1771. Superbe ép. avant la lettre.

437 — Le Danger du tête à tête, par *Simonnet*. Magnifique ép. avec les armes, avant la bordure
changée, avant toute lettre. Belle marge.

438 — Le Carquois épuisé, par *De Launey*. Superbe
ép. avec un cartouche blanc qui a été changé.
Collée.

439 — Le Coucher de la Mariée, par *Moreau* et
Simonnet. Rare ép. avec les armes et avant toute
lettre.

440 **Beauvarlet**. La Conversation, d'ap. *Vanloo*.
Magnifique ép., de la plus grande fraîcheur,
avant toute lettre. Signé *Beauvarlet* et paraphe.

441 **Beich**. Paysages à l'eau-forte. 2 p. en hauteur.

442 **Bellenger**. Fac-simile, d'ap. *Prudhon*, l'adresse
de la Vᵉ Merlen. — Billet de spectacle. — Nymphe. — Trois Femmes, dont deux pincent de la
guitare, d'ap. *Watteau*. 4 p. lithog.

443 **Benazech**. Le Jeu de courte-boule, d'ap.
Ostade. Gand in-fol.

444 **Blery** (Eug.). Paysage, d'ap. *Ruysdael*. Superbe ép. sur chine.

445 **Boilly** (Jules). Portrait de Goya, d'ap. Lopes,
au Musée de Madrid. Eau-forte.

446 — Portrait de Gros, d'ap. lui-même, 20 ans.
Eau-forte.

447 — Arabe. — Homme domptant un cheval. 2 p.
d'ap. *Gros*. Eaux-fortes.

448 — D'ap. Marilhat, les Chameaux. — Prince
Nubien. — Arabes sur des chameaux. 3 p.

449 — Pharaon et son armée engloutis dans la mer rouge, d'ap. *Salvator*. — Les Arts représentés par une quantité d'Amours, d'ap. *Boucher*. Sanguine. 2 p.

450 **Bonnet**. D'ap. *Beaulier*. Femme mettant ses bas, d'ap. nature. Superbe sanguine in-4. Sans marge.

451 — Bergère et un Enfant. Belle sanguine. In-fol.

452 — La Vue : Jeune Fille nourrissant les petits oiseaux d'un nid. Imitation de dessin à plusieurs crayons, ovale équarri. Superbe, d'ap. *Eisen*.

453 — D'ap. *Lagrenée*. Tête de jeune fille, dédiée à Mme la comtesse de Strogonoff, née Troubetskoy, fac-simile ou trois crayons. Superbe.

454 — D'ap. *Ollivier*. Dames assises, une pêche à la ligne au trois crayons. Très-rare.

455 **Bouchardon ?** Statue de l'Amour dans une niche. Très-belle ép. avant toute lettre.

456 **Boucher** (F.). La Vierge allaitant l'Enfant-Jésus, adoré par deux anges. Eau-forte ; in-4 ovale en travers. (Baudicourt II. 1).

457 — Les petits Buveurs de lait (4) 1er des quatre états.

458 — La Tourterelle mise en cage (2). — Le petit Savoyard (5). 2 p. 2e des quatre états.--Le Sommeil (3). La marge du bas coupée. 3 p.

459 — Deux jeunes Filles tenant des fleurs |(9). Superbe.

460 — La petite reposée (13). Superbe.

461 — Deux Paysan dormant : *Uxor ejus sculpsit.*
Eau-forte, par Mme Boucher. Superbe

462 **Boucher** (D'ap.) Cinq petits Enfants nus,
jouant à Colin-Maillard. Charmante petite pièce,
par *Chedel.*

463 — Vénus présentant une couronne de fleur
à un enfant, par *Aveline.* Très-belle.

464 — La Courtisane amoureuse, par de *Larmessin.*

465 — Le Magnifique, par de *Larmessin.*

466 — Le Fleuve Scamandre, par de *Larmessin.*
Superbe.
Ces trois pièces sont des contes de Lafontaine.

467 — Paysages rustiques, par *Basan* et *Houel.* 2 p.

468 — Le Pêcheur sur le pont de bois — le Por-
tique dans un parc. 2 paysages, par *Chedel.*
Très-belles ép. avant toute lettre.

469 — Vénus debout, vue de dos, et l'Amour. —
Deux jeunes Filles au bain, dont une presse le
bord de sa chemise. 2 petites pièces sanguine.
Superbes ép.

470 — Vénus couchée et l'Amour dormant. — Berger surprenant une Bergère au bain. Deux
sanguine.

471 — Blanchisseuses. — C'est la fille à Simonette.
— Buste de jeune Fille en chapeau.—L'Amour
et autres. 10 p. sanguine, par *Demarteau* et
autres.

472 — Camargo ? — Danseuse tenant une corbeille de fleurs. 2 jolies sanguines, par *François*. Très-rares.

473 — Bacchante et Enfant. Belle sanguine, par *Petit*. Petit in-fol.

474 — Vénus nue, debout, regardant ses tourterelles. Superbe sanguine, gracieuse, par *Petit*. Petit in-fol.

475 — Vénus et trois Amours sur des dauphins, au trois crayons. Très-rare, avant toute lettre.

476 — Vénus et l'Amour, assis sur un dauphin. Beau fac-simile, aux trois crayons. Petit in-fol.

477 — Femme qui s'essuie du bain. Beau fac-simile, crayon noir et blanc, sur papier bleu. Petit in-fol. Superbe.

478 — Femme nue couchée, dormant. Beau fac-simile, crayon noir et blanc, sur papier bleu. In-fol.

479 **Canot** (D'ap.). Le Maître de Danse ; in-fol., par *Le Bas* 1745. Magnifique ép.

480 **Carmontelle** (D'ap. de). Portrait en pied de Bachaumont : *Columna stante quiescit* avec la colonne astronomique de Marie de Médicis qui est près de la Halle-aux-Blés, gravé par *Houel*.

481 — Portrait en pied de Trudaine, tenant un grand livre sur ses genoux.

482 **Cars**. Andromède. — Hercule filant auprès d'Omphale. 2 p. d'ap. *Lemoine*. Superbes ép. avant toute lettre.

483 **Challe**. Diane sortant du bain (Baudicourt 1). — Diane s'essuyant le pied (2). 2 eaux-fortee ovales ; in-4 en hauteur. Superbes.

OEUVRE DE CHARDIN

PIÈCES EN TRAVERS

484 — Le Tôton, par *Lépicié* 1742. Magnifique ép. Petit in-fol.

485 — La Maîtresse d'École, *Lépicié* 1740. Très-belle ép. Petit in-fol.

486 — Le Château de cartes, *Lépicié*. Très-belle ép. Petit in-fol.

487 — L'instant de la méditation, *Surugue* 1747, (c'est dit-on Mᵉ Lenoir). Charmante pièce. Petit in-fol.

488 — La Fontaine. — La Blanchisseuse, par *C. N. Cochin*. 2 p. ; petit in-fol. Très-belles.

489 — Les tours de cartes. Avant toute lettre. Rare.

490 — Les tours de cartes. *Surugue fils* 1744. Très-belle ép. Petit in-fol.

491 — Le Jeu de l'Oye. Superbe ép. avant toute lettre. Très-rare. Petit in-fol.

492 — Le Jeu de l'Oye. *Surugue fils* 1745. Très-belle.

493 — La bonne Éducation, avant toute lettre. Rare, petit in-fol.

494 — La bonne Éducation, par *Le Bas*. Très-belle.

495 — Étude du dessin, par *Le Bas*. Magnifique ép. d'une des pièces les plus recherchées du maître. Petit in-fol.

496 — Dame prenant son thé, par *Fillœul*. Superbe ép., petit in-fol.

497 — Le Faiseur de Châteaux de cartes, par *Fillœul*. Superbe ép., petit in-fol., marge.

PIÈCES EN HAUTEUR

498 — Le petit Cavalier. — Le Chat au fromage. 2 p., par *Dupin*; grand in-4. Belles ép., rares.

499 — La petite Fille aux cerises. — L'Enfant au tambour. 2 p., par *Cochin*; grand in-4. Superbes.

500 — L'Inclination de l'âge : petite Fille tenant une poupée en religieuse. *Surugue fils* 1743. Magnifique ép.; petit in-fol. Rare.

501 — Le Château de cartes, par *Aveline*.

502 — Jeune Fille au volant. *Lipicié* 1742; petit in-fol. Superbe.

503 — Les Osselets. — Les Bouteilles de savon. 2 p., par *Fillœul*; petit in-fol. Belles ép.

504 — Le Dessinateur vu de dos. Superbe et très-
rare ép. avant toute lettre. Petit in-fol.

505 — Le Dessinateur vu de dos. — L'Ouvrière. 2
p. par *Flipart* 1757. Très-belles ép., rares.

506 — L'Écureuse. — Le Garçon cabaretier. 2 p.,
par *Cochin*; petit in-fol. Superbes.

507 — Dame cachetant une lettre : *Hâte-toi donc
Frontin*, etc.; petit in-fol., par *Fessard*. Magnifique ép., marge d'une charmante pièce. Très-
rare.

508 — L'Antiquaire. — Le Peintre. 2 p., par
Surugue fils 1743; petit in-fol. Superbes ép.,
très-rares.

509 — La bonne Mère. *J. Mart. Weis* 1744. Belle
ép., grande marge. Petit in-fol.

510 — La Pourvoyeuse. — La Ratisseuse. *Lépicié*
1742. 2 p.; in-fol. Superbes.

511 — La Gouvernante.— La Mère laborieuse. 2 p.,
par *Lépicié* 1739-40; in-fol. Très-belles.

512 — Le négligé ou toilette matin. ~~Belle ép.~~, rare.
Avant toute lettre. Vente Saint.

513 — Le négligé ou toilette du matin. *Lebas* 1741.
Très-belle ép. In-fol.

514 — Benedicite, avant toute lettre. Rare.

515 — Le Benedicite. *Lépicié* 1744. Très-belle ép.
In-fol.

516 — L'OEconome. *Le Bas* 1754. Très-belle ép.
In-fol.

517 — Les Amusements de la vie privée. *Surugue* 1747. Très-belle ép. d'une charmante pièce.

518 — Dame jouant de la serinette, par *Cars*; in-fol. Pièce capitale.

519 **Chereau** (Chez Jacques). Damon au lieu de sommeiller. Jolie petite pièce.

520 **Claessens**. Le Rieur. Superbe ép. Avant toute lettre. Ep. d'artiste in-4.

521 — Vieillard écrivant sur un livre. Superbe. Avant des travaux sur le livre, avant toute lettre.

522 — Judith, d'ap. *Allori*, 1er état, avec les cheveux sur la joue gauche. — La même, avant la lettre, les figures changés. 2 Superbes ép. Les noms à la pointe.

523 — Intérieur flamand. Superbe ép. Les noms à la pointe, avant la lettre.

524 — Le Philosophe, d'ap. *Rembrandt*. Superbe ép. avant toute lettre.

525 **Cochin**. Inv. et sculp. Le Tailleur pour femme. Petit in-fol.

526 — Le Jeu de pied de bœuf. Charmante composition, d'ap. *de Troy* 1725. La marge du bas coupée. Pièce très-rare. Très-belle ép. In-fol.

527 — La Gouvernante fidèle. Charmante composition, d'ap. *de Troy*. Très-belle ép.; in-fol. Très-rare.

528 **Cochin** (D'ap.). Concours pour le prix de l'étude des têtes et de l'expression, par *Flipart* 1763. (On dit Mlle Clairon posant). Superbe.

529 **Courtin** (D'ap.). L'Amour-Médecin; petit in-
fol., par *Mathey*. Très-belle ép.

530 **Coypel** (Ant.). Pan dompté par les Amours.
Superbe ép. 1er état avant 1692. (R. D. 10).

531 **Coypel** (Charles). L'Amour ramoneur (R. D. 1).
1er des trois états, avec une seule ligne des quatre vers. Col. Robert-Duménil. Très-rare.

532 **Coypel** (D'ap. Charles). Georges Dandin. —
L'Ecole des Femmes. — Les Femmes savantes.
— Monsieur de Pourceaugnac. 4 p., par *Joullain*;
petit in-fol. en travers. Superbes ép., rares.

533 — Enfants : l'un traîne l'autre dans un char.
Jolie pièce; in-4, par *Joulain*. Magnifique ép.
Rare.

O moment trop heureux où règne l'innocence!

534 — Le Printemps, in-4, par *Ravenet*.

535 — Une Veuve : *Entre-deux mouvements*, etc.;
in-4, par *Lépicié*. Superbe ép.

536 — *L'air grave que je fais paraître*. L'Amour
maître d'école. *Lépicié* 1730. Magnifique ép. petit in-fol.

537 — L'Ange-Gardien, avant toute lettre. Superbe
ép. Petit in-fol.

538 — Les Demoiselles de la princesse armant Don
Quichotte. Superbe ép. avant toute lettre.

539 — Armide entourant de fleurs Renaud pendant
son sommeil; grand in-fol. avant toute lettre et
avant les armes.

540 **Dagoty** (Gautier) ? Betsabée au bain, d'après un maître de l'Ecole Française ; in-fol. Origine de la gravure en couleur à plusieurs planches. Très-rare ép., sans marge.

541 **Daullé** 1754. Portrait de Mme Favart en pied, rôle de Bastienne d'ap. *Vanloo* ; in-fol. Belle.

542 **David** (G.). Portrait de feu M. Simon, lithog. in-4 sur chine.

543 **Decamps**. Titre de la romance : *Veux-tu devenir ma compagne, jeune Albanaise au pied léger.* Lithog. in-4. Originale rare. Superbe.

544 — Le petit Savoyard avec son chien et son singe ; in-4. Superbe lithog. Originale.

545 — Les Chiens et Singes savants. Rare ; in-4. — Une Rencontre. 2 p.

546 **Demarteau**. Vénus sur un dauphin. Superbe sanguine. In-fol.

547 — D'ap. *Boucher*. Jeune Fille à l'oiseau.—Jeune Fille au fleurs. 2 charmantes sanguines. Grand in-4.

548 — Portrait de Mme Poisson. lisant une lettre. Belle sanguine, d'ap. *Cochin*, in-4 1770. Superbe ép.

549 — Portrait en pied du paysan de Gandeleu (abbé Pommier), in-4. Sanguine, d'ap. *Cochin*. Superbe ép.

550 — Frises d'Amours et d'Enfants. Quatre charmantes sanguine, d'ap. *Boucher*.

551 — La Peinture. — La Poésie. 2 p. Sanguine ; grand in-4, d'ap. *Boucher*.

552 — Bacchante nue, dansant en jouant du tambour de basque, suivie d'un enfant. Superbe sanguine, d'ap. *Boucher*.

553 — Femme nue couchée sur un lit. Belle sanguine, d'ap. *Boucher*.

554 — Vénus au repos, visitée par Zéphir. Belle sanguine, d'ap. *Boucher*.

555 — Femme nue assise sur un lit, arrangeant des fleurs. Superbe ép. sanguine, d'ap. *Boucher*. Très-rare ép. avant toute lettre. In-4.

556 — Vénus nue tenant un cœur, elle s'appuie sur un fût de colonne. Jolie sanguine, d'après *Boucher*.

557 — La Pipée et pendant. — Deux Sujets de chasse à l'oiseau. Belles sanguine, d'ap. *Boucher*.

558 — Jeune et jolie Villageoise tenant un long bâton. Belle sanguine, d'ap. *Boucher*.

559 — La Fidélité et autres pastorales. 3 p., belles sanguines, d'ap. *Boucher*.

560 — Scènes maternelles. 6 p., jolies sanguines, d'ap. *Boucher*.

561 — Les Œufs cassés, sujets d'enfants. 4 p., sanguines, d'ap. *Boucher*.

562 — Vénus assise entourée d'Amours. — Nymphe tenant un panier de fleurs. 2 p., belles sanguines, d'ap. *Boucher*.

563 — Deux Nymphes au bain, avec deux Amours qui jouent avec un cygne. — Deux Nymphes et deux Amours. 2 p., belles sanguines, d'après *Boucher*.

564 — Jeune Fille à la cruche, au vase, aux fleurs. — La Laveuse etc. 8 p., jolies sanguines, d'ap. *Boucher*.

565 — Bergère dormant, surprise. — Mère et Enfant. — Pastorales. 3 p., belles sanguines, d'ap. *Boucher*.

566 — Bustes de jeunes filles : la Musique, les Fleurs. 2 p., belles sanguines. d'ap. *Boucher*.

567 — Jeune Fille tenant un chat emmailloté. — L'Enfant tenant son oiseau, et autres têtes. 8 p., sanguines, d'ap. *Boucher*.

568 — Jeune Fille pinçant de la guitare, d'après *Waiteau*, et autres, d'ap. Boucher. 10 p. sanguine.

569 — Le Château de cartes. — La Poupée. 2 charmantes sanguines, d'ap. *Courtois*. Grand in-8.

570 — Bustes de jolies Femmes coiffées avec des fleurs, 2 ovales, sanguine, d'ap. *Courtois*. Superbes.

571 — Les trois Bacchantes ivres, d'ap. *Boucher*, 1789. Superbe sanguine, pièce gracieuse ; petit in-fol.

572 — La Danse, d'ap. *Boucher*, 1769. Belle sanguine ; petit in-fol.

573 — L'Amour apprenant à lire. Belle sanguine ; in-fol.

574 — Bacchante, Minette, et autres. 4 p., sanguine.

575 — Quatre Enfants sur des dauphins. — Nayades et Triton. — Groupe de 8 têtes. 3 sanguines en travers.

576 — Vénus nue, couchée, et deux Amours qui dorment. Belle sanguine, d'ap. *Boucher* ; Petit in-fol.

577 — Vénns couchée sur le ventre, et l'Amour dormant. Superbe sanguine; in-fol.

578 — Pièce aux trois crayons : Buste de jeune fille de profil, coiffée d'un chapeau. In-4 superbe.

579 — Tête de Louis XV couronnée de lauriers. In-4 d'ap. *Boucher*. Très-rare.

580 — Jeune Fiile lisant Héloïse. In-4 superbe.

581 — D'ap. *Boucher*. Têtes de jeunes filles, dont une embrasse un pigeon. 2 p. in-4 superbes.

582 — Le jeune Artiste. — Jeune Fille. 2 p. in-4 superbes.

583 — Têtes de jeunes filles. In-4 superbes, 2 p.

584 — Têtes de jeunes femmes. In-4 superbes. 2 pièces.

585 — Têtes de jeune fille, de vieillard. 2 p. in-4.

586 — Buste de jeune fille à la rose. Magnifique fac-simile. Grand in-4.

587 — Jeune Femme relevant son voile. In-fol., beau fac simile.

588 — Buste de jeune femme dormant, avec son petit chien. Beau fac simile, in-4 en travers.

589 — Le petit Marchand de gâteaux. In-4 superbe.

4

590 — Deux Enfants faisant manger de la bouillie au chat emmaillotté : *le Chat chéri*. Charmante pièce.

591 — Les petits Oiseaux, pastorale. 2 p. in-4, ovales en hauteur, superbes.

592 — Vénus assise sur un lit; l'Amour lui pose des perles dans ses cheveux. — Érigone et l'Amour. Ces 2 charmantes pièces font pendant. Superbes.

593 — Vénus et l'Amour. — Diane s'eyssuyant les pieds. 2 ovales en hauteur, in-4 superbes.

594 — Jupiter et Antiope. Jolie p., sans marge.

595 — Deux Nymphes de fontaines. — Berger et Bergère jouant de la flûte. 2 ovales en travers. In-4 superbes.

596 — Vénus couronnée par les Amours. Belle pièce, in-4 en travers.

597 — Un gros Amour à mi-corps. Grand in-4.

598 — Groupe de deux Amours soutenant une draperie. Superbe ép., petit in-fol.

599 — Deux gros Amours tenant des raisins. In-fol. superbe.

600 — D'ap. *Van Dick* : Portrait de Cachiopin. — D'ap. *Watteau* : Rubens à 30 ans. 2 fac simile très-beaux.

601 — D'ap. *Fragonard* : Jeune Fille en pied. In-fol.. sanguine.

602 — D'ap. *Huet* : Buste de Bacchante et autre. 2 p. in-4 superbes.

603 — Jeune Dame embrassant son petit chien. In-4 superbe et rare.

604 — Buste de jeune dame en chapeau lisant une lettre, dédié à Madame Huet. In-fol. superbe.

605 — L'Amour pleure son oiseau, qui s'envole. — L'Amour fidèle. 2 charmantes pièces, in-4 en travers.

606 — Vénus sur un dauphin. In-4 superbe.

607 — La jeune Bergère, jolie composition. Petit in-fol. superbe.

608 — D'ap. *Watteau* : Bustes de jeunes femmes en chapeau et en toque. In-4 superbes.

609 **Desnoyers** (Baron). La Visitation, d'ap. *Raphaël*. Superbe ép. in-fol.

610 — La Vierge au rocher, d'ap. *Léonard de Vinci.* Superbe ép. avec le timbre humide, camée à deux têtes.

611 — Phèdre et Hippolyte, grand in-fol., d'ap. *Guérin*. Superbe ép., lettre grise.

612 **Desperret** (E. A.) fecit. 1858. Deux Chevaux sur la même feuille l'un au-dessus de l'autre, d'ap. *Ph. Wouvermans*. Belle eau-forte, très-rare.

613 **Dietriey**. Adoration des bergers. Iᵉʳ état avant le n° 60, et avec les barbes. Superbe ép. avec le plus bel effet de lumière. — Paysage avec deux hommes dans un bateau. Superbe, 2 p.

614 **Dupont** (Henriquel). Portrait de Louis Philippe Iᵉʳ, roi des Français en pied, grand in-fol. d'ap. *Gérard*. Superbe ép., avant la lettre.

615 **École Anglaise**. Sarah Countesse of Essex par *Turner* 1816. — Judith, avant toute lettre.— Lady par *Smith* d'ap. Kneller. 3 portraits en manière noire.

616 **École Française** XVIIIe siècle. Léda. Superbe ép., in-fol. en travers, avant toute lettre.

617 **Eisen** (Ch.) 1777. Groupe des Grâces avec amours entourant un grand vase. Jolie pièce rare.

618 **Flipart**, *pin. et sculp*. L'Harmonie d'amour.— La Toilette d'une jolie femme, 2 p. grand in-fol. Très-belle.

619 **Forster**. La Maîtresse du *Titien*, superbe ép., avant toute lettre in-fol.

620 — Les Grâces d'ap. *Raphaël*. Superbe ép., avant toute lettre, in-fol. (22) sur chine.

621 **Fragonard**. Saint Jérôme, 1er état, avant la lettre, eau-forte, originale.

622 — La Famille du Satyre, bas relief, belle eau-forte originale.

623 **Freudeberg** (d'ap.). Le Lever, (1) in-fol. par *Romanet* 1774. Belle ép. avant le n°.

624 — Le Bain (2). Belle ép. avant le n°.

625 — La Visite inattendue (5) in-fol. par *Voyez* l'aîné 1774. Superbe ép.

626 — Le Boudoir (7) in-fol. par *Maleuvre*. 1774. ~~Superbe ép.~~

627 — La Soirée d'hiver (10) ép. rognée sans la bordure ~~peut-être pas entièrement terminée~~.

628 — Le Petit jour in-fol. par *De Launey*. Superbe.

629 **Fuger**. Sémiramis : Tête de femme, eau forte très-rare, la planche effacée.

630 **Gillot**. Scéne de Théâtre. — Fête de Faune et autres 4 p.

631 — Marche de Calotins, le Jeu, la Paresse, Bacchanales en frises, 5 p. d'après.

632 **Godonnesche** (chez). Amusements champêtres, composition dans le goût de Wat'eau.

633 **Gole**. Tabagie d'ap. *Ostade*. Manière noire.

634 **Goya**. Le Nain de Philipe IV, assis de face. — Autre Nain feuilletant un livre, 2 p. d'ap. *Vélasquez*.

635 — Portrait équestre de Marguerite d'Autriche, in-fol. d'ap. *Vélasquez*.

636 — Baltasar Carlos à cheval d'ap. *Vélasquez*, in-fol.

637 — Portrait équestre de G. de Gusman, comte d'Olivarès. In-fol. d'ap. *Vélasquez*.

638 **Greuze** (d'ap.). La Philosophie endormie (c'est le portrait de Madame Greuze). Superbe ép. in-fol; eau-forte pure, très-rare. Attribuée à Fragonard ou Greuze.

639 — La Philosophie endormie. Terminée par *Aliamet*; magnifique ép. in-fol. avant toute lettre très-rare.

640 — Étude du Tableau de la dame de charité surmontée de la tête de la dame, par *Massard*, 1772. Jolie pièce.

641 — La Petite fille au capucin. — L'Enfant au carlin, 2 p. in-4. Superbes ép. avant toute lettre.

642 — Le Petit Boudeur, par *Guttemberg* grand in-4. Très-belle ép. avec marge.

643 — Jeune tricoteuse endormie, par *Jardinier*, superbe ép. avec les noms d'artistes, à la pointe. Très-rare.

644 — La bonne Éducation. Superbe ép. avant toute lettre petit in-fol.

645 — La petite Fille au Carlin. Charmante pièce in-fol. par *Porporati*. Superbe ép., adresse rue Thibautodé.

646 — La Cruche cassée. Superbe ép. in-fol. par *Massard* 1778. Signée Greuze au revers.

647 — La Laitière par *Le Vasseur*, in-fol. avant la dédicace. Très-belle ép.

648 — L'Offrande à l'Amour, par *Macret*, 1778. In-fol., avant la lettre doublée.

649 — Les OEufs cassés. — Le Geste napolitain, 2 p. in-fol., par *Moitte*. Superbes ép. avant la lettre.

650 **Hall**. Vénus et Adonis, d'ap. *B. West*. In-fol. Très-belle ép. d'artiste, les noms à la pointe.

651 **Hess**. Vénus et l'Amour. Jolie page in-4. 1812.

652 **Huet**. Paysage. Le Puits près d'une ferme, rare.

653 **Huet** (d'ap.). Les Saisons, allégories représentés par Vénus et l'Amour, Bacchante etc. 4 p. en travers, fac-simile à plusieurs crayons, par *Liger*.

654 — Pastorales, 2 charmantes compositions ovales en travers, in-4. Superbes.

655 — Jeune Fermière, avec un chien, un coq et une poule. Magnifique fac-simile, in-4.

656 — Le Dîner : l'abbé a mangé le potage trop chaud. Jolie composition de 8 figures ; pièce en couleur.

657 **Hutin**. Amonr et Enfants jouant avec une chèvre.

658 **Ingres**. Odalisque, lithog. originale, petit in-fol.

659 **Ingres** (d'ap.). Odalisque, lithogr. par *Sudre*.

660 **Janinet**. Le Rendez-vous comique, d'ap. *Watteau*, in-4. Superbe.

661 — Le même, le titre coupé. Belle.

OEUVRE DE LANCRET

PIÈCES EN HAUTEUR

662 — Thomassin et Mˡˡᵉ Silvia. Charmante petite p. par *Cars*. Très-rare, superbe ép. in-4.

663 — Quand vous voulez toucher quelque cœur amoureux. — Lise s'en va changer d'humeur et de visage. — Près de vous belle Iris, ce fantasque minois. — Quoi! n'avoir pour vous trois qu'une seule bouteille. 4 p. grand in-4., par *Hortemels*. Très-belles ép. rares.

664 — Dans cette aimable solitude. — Par une tendre chansonnette. 2 p. petit in-fol. par *C. N. Cochin*. Très-belles.

665 — Le Théâtre italien, petit in-fol. par *Schmidt*. Très-belle ép.

666 — La Musique champêtre, in-fol. par *Fessard*. Superbe ép.

667 — Le Berger indécis. Charmante composition in-fol. par *Tardieu*. Superbe ép.

668 — D'un Baiser que Tirsis caché dans ces beaux lieux. In-fol. par *S. Silvestre*. Superbe.

669 — Conversation Galante. Très-belle ép. in-fol.

670 — Le Printemps, par *Audran*. Très-belle ép., avant toute lettre, in-fol. rare

671 — L'Été par *Scotin*. Très-belle ép. avant toute lettre, in-fol., rare.

672 — Le même, avec la lettre. Belle ép.

PIÈCES EN TRAVERS

673 — La Joie du théâtre, petit in-fol. par *Crépy* fils. Superbe.

674 — Les Charmes de la conversation. Superbe ép. petit in-fol. par *Petit*.

675 — L'Occasion fortunée, charmante composition; petit in-fol. par *Scotin*. **Superbe.**

676 — Le Matin. — Le Midi. — L'après-diner. —
La Soirée, 4 p. in-fol. par de *Larmessin*. Très-
belles ép.

677 — L'Hiver par de *Larmessin*. In-fol. Superbe.

678 — La Servante justifiée.

679 — Le petit Chien qui secoue de l'argent et des
pierreries.

680 — Les Remois.

681 — Le Faucon.

682 — A Femme avare Galant escroc.

683 — On ne s'avise jamais de tout.

684 — Le Gascon puni.

685 — Les Troqueurs.

686 — Nicaise.

687 — Les Oies de frère Philippe.
     Ces 10 p. sont in-fol. par de *Larmessin*,
pour les contes de La Fontaine et très-belles ép.

688 — Récréation champêtre, in-fol. par *Joullain*.

689 — L'Adolescence. — La Jeunesse. 2 p. in-fol.
par de *Larmessin*. Superbes.

690 — Portrait de Grandval dans un jardin. Grand
in-fol. par *Le Bas*. Superbe ép.

691 — Le Jeu de Colin-Maillard. Très-grand in-fol.,
très-rare, ép. d'eau-forte pure, sans marge.

692 — Repas Italien, très-grand in-fol. par *Lebas*.
Pièce capitale du maître.

693 **Larmessin**. Portrait de Raphaël et son maître
d'arme. In-fol. Très-belle ép. grande marge.

694 — Frère Luce. d'ap. *Vleughels*. In-fol.

695 — Le Bast, d'ap. *Vleughels*. In-fol., très-rare.

696 — La Jument de compère Pierre, d'ap. *Vleughels*.

Ces trois pièces sont des contes de La Fontaine.

697 **Latour** (d'ap. de). Portrait en pied de Paris de Montmartel, avec ameublement remarquable; ép. grand in-fol., avant toute lettre, remargée, collée en plein.

698 **Lavallée Poussin**. Satyre et Bachante implorant le Dieu Pan. Jolie eau-forte, in-4.

699 **Lavreince** (d'ap.). L'Innocence en danger, charmante composition in-fol. par *Caquet*. Très-belle ép.

700 — L'Heureux moment. Riche ameublement de de boudoir. Superbe ép. in-fol., par *De Launay*. Avant la dédicace.

701 — Consolation de l'absence. Superbe ép. in-fol., avant toute lettre, avec la place blanche pour les armes.

702 — Le Billet doux. In-fol. par *De Launay*. Riche intérieur de salon et costume de la plus grande coquetterie. Ép. superbe avec le titre en petits caractères ; dans les nuages des armoiries.

703 **Le Bas**. Famille de Canards prenant leurs ébats dans un marais, d'ap. *Teniers*. Très-belle ép. in-fol.

704 — Ancien port de Messine, d'ap. *Claude Lorrain*; avant la lettre avec les armes.

705 — Le même avec la lettre, grand in-fol.

706 — La Danse des Villageois? d'ap. *Claude Lorrain*, grand in-fol., avant la lettre avec les armes. Collée.

707 — Prise du Héron, d'ap. *Van Falens*; grand in-fol, Très-belle ép. *collée*

708 **Lens**. *Inven. et fecit aqua forti 1761*. Diane et Actéon.

709 **Lépicié**. Le Printemps, d'ap. *Rosalba*; in-4. Superbe.

710 **Leprince** (D'ap.). Jeune Fille tenant des fleurs, beau fac-simile aux trois crayons. In-fol.

711 **Lithographies**. Portraits de L.-P.-Joseph duc d'Orléans; Louis-Philippe I, Marie-Amélie 2 différents; Ferdinand-Philippe, duc de Nemours, duchesse de Nemours, Prince et princesse de Joinville, duc d'Aumale, 2 différents; F.-G.-Alex. duc de Wurtemberg, Philippe duc de Wurtemberg. 14 portraits en buste, in-fol. Sur chine.

712 — Louis-Philippe Ier, Marie-Amélie, Madame Adélaïde, duc d'Orléans avant la lettre, la duchesse; le Comte de Paris, Robert duc de Chartres, duc de Nemours; la duchesse, Prince de Joinville, la princesse; duc d'Aumale, la duchesse; duc de Montpensier, la duchesse avant la lettre; la reine des Belges, Léopold; Marie d'Orléans, Clémentine d'Orléans; 19 portraits en pied. Grand in-fol. sur chine, d'ap. *Winterhalter*; par Léon Noel.

713 **Londonio**. Pâtres au milieu de leur troupeau.

714 **Loutherbourg**. La Vache et l'Anon. Jolie eau-forte.

715 **Marin**. *The Woman taking Coffee*. Jeune Dame prenant son café, petit in-fol. Très-belle ép. en couleur avec l'encadrement rehaussé d'or.

716 — La jeune Laitière. — La Dame prenant son café. **2** p. petit in-fol. en couleur, avec l'enca-drement rehaussé d'or.

717 — La jeune Laitière, en couleur avant l'enca-drement; l'ovale seul.

718 **Martinet**. Portrait en pied de Louis-Hector, duc de Villars; in-8 très-rare. ~~Superbe.~~

719 **Massard** (Madame). La Mélancolie, d'ap. *Greuze*. ~~Belle~~ sanguine in-4; sans aucune lettre.

720 **Mercier** (P.). La Conversation? Trois figures dans un jardin, in-fol. en hauteur avant toute lettre. Pièce très-rare, très-belle.

721 — (D'après.) L'Escamoteur, in-fol. en travers; par *F. Ravenet* avant la lettre. Superbe.

722 **Moreau** (D'ap.). Sujets tirés de l'Émile de Rous-seau. 2 p. in-4.

723 — Déclaration de la grossesse, par *Martini*.

724 — C'est un fils Monsieur! par *Baquoy*.

725 — L'Accord parfait, par *Helman*.
Ces 3 pièces sont du Costume physique et moral. Très-belles ép. in-fol., avant la lettre.

726 **Morghen** (Raphaël). Figures allégoriques, dans des ronds. *Divinarer. Notitia.* — *Numine afflatur.* 2 p. in-fol. Superbes ép. avant la lettre, d'ap. *Raphaël*.

727 — Saint Jean-Baptiste, d'ap. *Guido Reni*. In-fol, Magnifique ép. avant la lettre.

728 — Portrait équestre de Moncade, grand in-fol., d'ap. *Van Dyck*. Très-belle ép., lettre grise.

729 **Muller**. La Laie et ses petits à l'eau-forte.

730 **Octavien**. Jeune Dame assise dans un parc jouant avec son petit chien, grand in-8. Superbe ép. rare.

731 — (D'après). *Ce dangereux abbé promène en tapinois*, etc. Petit in-fol. par *Thévenard*. Très-belle ép. rare.

732 **Oudry**. Le Chevreuil forcé (R. D. 2). 1er état avant toute lettre.

733 — Le Renard vaincu (3). 1er état avant toute lettre.

734 — Les quatre sujets de chasse (R. D. 1, 2, 3, 4). 4 p. avant-dernier état.

735 — Le Chien braque en arrêt avant toute lettre (5). Rare.

736 — Chien en arrêt avant toute lettre, d'après lui.

737 — Fables de La Fontaine, la Goutte, La Veuve. 2 eaux-fortes pure La Veuve terminée. 3 p.

738 — Chien basset gardant du gibier avant toute lettre, par *Aveline*. Superbe. — Le même avec la lettre. 2 p.

739 **Parrocel** (P.). Les sept Enfants et la Chèvre (R. D. 6). — La Danse, pendant du précédent *non décrit;* trois enfants dansent à droite, à gauche quatre dont un joue de la flûte, un du tambour de basque et l'autre de la guitare. 2 jolies pièces à l'eau-forte.

740 — Bacchante donnant à boire à un enfant, un
autre enfant dort à droite, petite pièce. — La
Charité in-8 en travers. 2 p. *non décrites*.

741 **Parrocel** (J. F.). Les Charmes de la Musique
(Baudicourt 3). Jolie eau-forte.

742 **Pater**. La Cuisine au Camp. Eau-forte originale
du maître. Rare.

743 — (D'ap.). Le Mai par *Patas*, du cabinet du duc
de Choiseul.

744 — La Pintresse. petit in-fol. par *Galimar*. Superbe
ép. marge.

745 — Le Désir de plaire : Dame à sa toilette. — Le
plaisir de l'Été, 2 p. in-fol. par *Surugue*. Superbes.

746 — Scènes du Roman comique. 6 p. in-fol, par
Surugue et Lépicié. Très-belles ép.

747 **Peters** 1760. Vierge et Jésus. Très-petite eau-
forte rare.

748 **Photographies** d'ap. Raphaël, d'ap. Rembrandt. etc. — Daguerréotype sur plaque. Sainte
Famille d'ap. l'estampe de Marc-Antoine (B. 60)
d'ap. Raphaël. Très-rare, 3 p.

749 **Picart** (B.). Hermaphrodite d'ap. *Poussin*, petit
in-fol. Superbe.

750 **Plonski** 1808. Le Marchand de paniers, autour
sont sujets et portraits au nombre de 12. Belle
eau-forte.

751 **Porporati**. La chaste Suzanne d'ap. *Santerre*.
Rare ép. avant la lettre.

752 **Prudhon**. La Famille malheureuse, lithog. originale avant les retouches à la plume sur le montant de la fenêtre.

753 — Une Lecture, lithog. originale.

754 — Le Garçon et le chien, lithog. originale.

755 — Phrosine et Melidor, in-8 par *Roger* avant la lettre sur chine. Superbe toute marge.

756 — La Grotte par *Roger*. Superbe ép. in-8, avec la tablette au bas.

757 — Le Cruel rit des pleurs qu'il fait verser. — L'Amour enchaîné. 2 p. petit in-fol en travers avant la lettre.

758 — Cérès changeant Stelion en lézard par *Copia*. Superbe ép. avant la lettre.

759 **Ramsay** (D'ap.). Portrait de J.-J. Rousseau, in-fol. en manière noire.

760 **Regnault** (N. F.). *Inv. Pinx et Sculp.* Le Lever. — Le Bain, d'ap. *Baudouin*. 2 p. in-4 en couleur charmantes et chefs-d'œuvres en ce genre.

761 **Reynolds** (D'ap.). Les cinq têtes d'anges, les enfants Gordon. In-fol. par *Simon*, avant la lettre.

762 — John Lord Cardiff, manière noire in-fol., par *Fisher*. Superbe.

763 — Mrs Cholmondley, in-fol. par *Corbutt*, manière noire. Superbe.

764 — Mrs Bonnfoy, manière noire in-fol., par *M. Ardell*. Superbe.

765 — Miss Kemble, manière noire in-fol., par *J. Jones*. Superbe, avec marge

766 — Emily, Countess of Kildare, manière noire in-fol., par *M. Ardell.*

767 — Lady Selina Hastings, manière noire in-fol. par *Spooner.* Très-belle ép.

768 — Caroline, duchesse de Malborough, manière noire in-fol. par *M. Ardell.* Superbe.

769 — Charles, duc de Richemont 1778, manière noire in-fol. par *Watson.* Superbe.

770 **Rosa** (F.) 1789. La Chèvre et les deux moutons, belle eau-forte. Petit in-fol.

771 **Saint-Aubin**. Vénus Anadyomène, in-4 d'ap. *Titien.* Superbe ép. avant la coquille.

772 — (D'ap.). La Marchande de châtaignes: effet de lumière, eau-forte du chev. de P. in-4. Superbe.

773 **Saint Non**. La petite Charière en couches, jolie eau-forte in-4. Belle ép. rare.

774 — Vue dans les jardins de la villa Borghèse et autres paysages. 3 p. à l'eau-forte.

775 **Schenau**. *Achetter mes pettites eau-fortes à la 12.* 6 petites pièces à l'eau-forte.

776 **Smith**. Society in solitude. — Contemplating the Picture. 2 p. grand in-4, ovale en hauteur, relevées de couleur.

777 **Strange**. La Madone avec la Madeleine et saint Jérôme d'ap. le *Corrége.* Superbe ép. in-fol.

778 — Sainte Cécile avec d'autres saints d'ap. *Raphaël*, in-fol. Superbe ép.

779 — L'Amour d'ap. *Vanloo*, in-fol. Très-belle ép.

780 — Vénus bandant les yeux de l'Amour d'après *Titien.* ~~Superbe~~ ép. in-fol.

781 — Vénus couchée d'ap. *Titien,* in-fol. ~~Très-belle.~~

782 — La Fortune, in-fol. d'ap. *le Guide.* Ép. splendide de la plus grande fraîcheur, avant toute lettre et avec belle marge.

783 — Portrait en pied de Charles Ier, roi d'Angleterre avec son cheval ; grand in-fol. d'ap. *Van Dyck.* Superbe ép.

784 **Subleyras.** *Pinx. et Sculp.* L Serpent d'airain, grand in-4.

785 **Tardieu.** Saint Michel terrassant le démon, in-fol. d'ap. *Raphaël.* Superbe ép. avant toute lettre.

786 — Ruth et Booz, grand in-fol. d'ap. *Hersent.* Très-belle ép. avant la lettre sur chine, dédicace signée *Tardieu.*

787 **Thiele** 1742. Paysage à l'eau-forte, in-4.

788 **Thiers.** Nymphe de la Fontaine, d'ap. *Bouchardon.* — Deux Nymphes de fontaines, d'ap. *Boucher.* Ovale, 2 p. in-4 ; jolies eaux-fortes, sujets gracieux.

789 **Thomassin.** Jean Thierry de Lyon sculpteur, in-fol. d'ap. *Largillière.* Belle ép. marge.

790 **Vernet** (D'ap. Joseph). Abbé offrant une prise de tabac à une dame en promenade. Jolie pièce in-4, avant toute lettre. Superbe.

791 — Marines avec pêcheurs, 2 compositions par *Benazech* 1771, avant la lettre et avant les armes; une double avant la lettre avec les armes. 3 p. grand in-fol.

792 — La Tempête, grand in-fol. par *Balechou*. Très-belle ép. avant les raies sur le titre.

793 **Vernet** (D'ap. Horace). Le duc d'Orléans passant la revue du régiment de hussards. Très-grand in-fol. par *Jazet*, avant la lettre.

794 **Vivarès**. Beau paysage d'ap. *Wooton*. Superbe ép. grand in-fol.

OEUVRE DE WATTEAU

PIÈCES EN HAUTEUR

795 — Son portrait in-4, par *Crespy*.

796 — Son portrait à mi-corps, eau-forte par *Boucher*. 1er état.

797 — FIGURES DE MODES. Titre : — L'Homme accoudé (R. D. 1), eau-forte pure avant le nom. — Le même avec le nom de Watteau. — Le Promeneur vu de face, tête de profil (2), avec le nom. L'Homme appuyé (3). — Le Promeneur de profil (4), ces deux avec le nom. — La Femme marchant

à gauche (5), très-rare ép. d'eau-forte pure avec
des arbres à droite; état non décrit. — La même
avec le nom, à la place des arbres il y a des habi-
tations. — La Femme marchant au fond (6).
Eau-forte pure très-rare ép., où le mur à droite
est à peine indiqué, état non décrit. — La même
avec le nom et le mur terminé. — La Femme
assise (7). Eau-forte pure. — La même avec le
nom. Cette suite de 12 p. est très-rare à rencon-
trer d'une pareille qualité.

798 — Femme assise à gauche, par *Thomassin*. —
L'Homme assis à droite, par *Deplace*. — La Péle-
rine, par *Jeaurat*. — Le Porte-balle, par *Jeaurat*.
Ces 4 petites pièces très-belles, d'ap. Watteau.

799 — Poisson en habit de Païsan. — Dumirail. —
Mademoiselle Desmares. — Pélerin. — Officier.
etc. 7 costumes par *Deplace*, *Cochin*, etc. Faisant
suite aux précédents.

800 — La Troupe italienne (R. D. 8). Superbe ép.,
avant-dernier état; pièce originale, petit in-fol.

801 — Fac-simile de dessins gravés par *Boucher*,
Audran, etc. Têtes de jeunes filles, femmes et enfants. 9 p.

802 — Fac-simile. Costumes de femmes et d'hommes,
par *Boucher*, *Audran*, etc. 10 p.

803 — *Sous un habit de Mezetin*, petit in-fol, par
Thomassin le fils. Très-belle ép.

804 — *La plus belle des fleurs ne dure qu'un matin*.
Jolie Femme tenant des fleurs, par *J. M. Liotard*.
Superbe ép. in-4.

805 — L'AMANTE INQUIÈTE, petit in-fol. par *Aveline*.

806 — L'INDIFFÉRENT par *Scotin*. Très-belle ép.

807 — MEZETIN par *B. Audran*. Très-belle ép.

808 — LA FINETTE, par *B. Audran*. Magnifique ép.

809 — LA VRAIE GAIETÉ. Petit in-fol. par *de Favars*. Rare.

810 — LA FILEUSE, par *B. Audran*. Très-belle ép.

811 — Le Conteur de fleurettes? — Le Rendez-vous? 2 p. grand in-4., par *B. Audran*. Avant les titres *Hæc Sculptura*, etc. *Gravé d'après* etc., en 4 lignes. Magnifiques ép., 1er état. Très-rares.

812 — *Au faible effort que fait Iris*, etc. Petit in-fol., *C. N. Cochin*. 1er état avec 8 vers en 4 lignes; superbe et très-rare. Chez Gersain.

813 — La même. LE CONTEUR. Les vers effacés, remplacés par 2 lignes latines et françaises. Chez Chereau. Superbe ép.

814 — LE CHAT MALADE, in-fol., par *Liotard*. Belle ép. d'une pièce rare.

815 — Triomphe de Vénus sur les flots entourée de trois nayades. In-fol. par *P. Mercier*. Très-rare.

816 — *Voulez-vous triompher des belles*, in-fol. par *Thomassin*. Superbe ép.

817 — L'ACCORD PARFAIT, in-fol. par *Baron*. Superbe.

818 — Le Lorgneur, très-rare ép., avant toute lettre.

819 — LE LORGNEUR, par *Scotin*. In-fol. superbe.

820 — LA LORGNEUSE, par *Scotin*. In-fol. superbe.

821 — La Collation sur l'herbe? In-fol. par *P. Mer-* *Vouanar* 18
cier. Très-rare. Doit être d'après un autre tableau
que celle de Moyreau.

(o) 822 — La Famille, superbe ép., avant toute lettre, *Capron* 31
in-fol. par *Aveline*. Très-rare.

(o) 823 — La Surprise, in-fol. par *Audran*. Magnifique *Scott* 21
ép.

(o) 824 — Pomone. in-fol. par *Boucher*. Très-belle ép. —— 19

(o) 825 — Retour de chasse (Portrait de M° Vermanton). —— 23
In-fol. par *B. Audran*. Superbe.

826 — Le Concert champêtre, in-fol. par *B. Audran*. *Capron* 3)
Superbe.

827 — La Danse paysanne. in-fol. par *B. Audran*. 17
Belle ép.

828 — La Colation, in-fol. par *Moyreau*. Très-belle *Longuel* 18
ép.

829 — Fêtes Vénitiennes, très-belle ép. in-fol., *Danlos* 58
avant toute lettre. Très-rare.

830 — Fêtes Vénitiennes, in-fol. par *Cors*. Superbe. *Vatillon* 32

831 — Les Agréments de l'été, grand in-fol. par *Longuel* 3)
Joulin. Superbe.

PIÈCES EN TRAVERS

(o) 832 — La Coquette, arabesque, par *Boucher*. ½ p. 24
petit in-fol.

833 — Fac-simile de dessins. Paysages par *Boucher*. 12
3 p. petit in-fol.

834 — Fac-simile. Le Traîneau. — Le Meunier. 2 p. par *Boucher*.

835 — Fac-simile. Femme assise vue de dos. — Recrue allant rejoindre, 2 p. à l'eau-forte.

836 — LES DÉLASSEMENTS DE LA GUERRE, par *Crepy*. — LES FATIGUES DE LA GUERRE, par *Scotin*. 2 p. petit in-fol.

837 — ACIS ET GALATHÉE, eau-forte pure, par *Caylus*. — La même, terminée et avec la lettre. 2 p. petit in-fol.

838 — CHASSE AUX OISEAUX, petit in-fol. par *Caylus*; Rare, superbe.

839 — L'ABREUVOIR, par *Jacob*. — VEUE DE VINCENNES, par *Boucher*. 2 p. petit in-fol.

840 — BON VOYAGE, par *Crepy*. — Scène de cinq acteurs de la comédie italienne, avant toute lettre. 2 p. très-belles.

841 — *Arlequin, Pierrot et Scapin*, etc.; par *Suruque*. Très-belle, grand in-4.

842 — *Pour nous prouver que cette belle*, etc.; par *Suruque*. Très-belle ép. in-4.

843 — *Du bel âge ou les jeux* etc.; par *Moyreau*. Grand in-4. superbe.

844 — *Hæc Sculptura*, etc.; huit figures de la comédie italienne, grand in-4. par *B. Audran*. Superbe.

845 — *Coquettes qui pour voir galants au rendez-vous*, etc., grand in-4. par *Thomassin* le fils. Très-belle.

846 — *Qu'ai-je fait assasins maudits :* Malade pour-
suivi par la faculté, in-fol. par *C. C.* et terminé
par *Joullain*.

847 — LA GAMME D'AMOUR, in-fol. par *Le Bas*. Superbe.

848 — LES DEUX COUSINES, in-fol, par *Baron*. Charmante pièce, superbe ép.

849 — DIANE AU BAIN, par *Aveline*. — Nymphes de
fontaine. Eau-forte; 2 p. in-fol.

850 — LES AMUSEMENTS DE CYTHÈRE, in-fol. par *Surugue*. Superbe.

851 — Portrait d'Antoine de la Roque. Avant toute
lettre, in-fol. superbe, très-rare.

852 — ANTOINE DE LA ROQUE, in-fol. par *Lépicié*.
Très-belle.

853 — L'Occupation selon l'âge, in-fol. Avant toute
lettre. Très-belle ép. pas entièrement poussée
au ton. Très-rare.

854 — L'OCCUPATION SELON L'AGE, par *Dupuis*. In-fol;
Superbe ép. terminée.

855 — LE PASSE-TEMPS, in-fol. par *B. Audran*.
Superbe.

856 — LE BOSQUET DE BACCHUS, in-fol. par *Cochin*.
Magnifique ép., marge.

857 — LES CHAMPS-ÉLYSÉES, in-fol. par *Tardieu*.
Superbe.

858 — RÉCRÉATION ITALIENNE, par *Aveline*. Superbe
in-fol.

859 — La Perspective, eau-forte pure. Très-rare. ép.
in-fol. sans marge.

860 — LA PERSPECTIVE, in-fol. par *Crepy*. Superbe.

861 — LES PLAISIRS PASTORAL. in-fol. par *Tardieu*.

862 — LOUIS XIII METTANT LE CORDON BLEU à M. de Bourgogne. grand in-fol. par de *Larmessin*. Très-belle.

863 — LES CHARMES DE LA VIE. grand in-fol. par *Aveline*. Magnifique ép. avec une petite marge.

864 — AMUSEMENTS CHAMPÊTRES, grand in-fol. par *B. Audran*.

865 — LEÇON D'AMOUR, grand in-fol. par *Dupuis* 1734. Très-belle ép.

866 — L'Ile enchantée, très-rare ép. d'eau-forte pure.

867 — L'ILE ENCHANTÉE, sans nom de graveur (Le Bas). Très-belle ép., grand in-fol.

868 -- LES JALOUX, grand in-fol. par *Scotin*. Superbe.

869 — COMÉDIENS ITALIENS, grand in-fol. par *Baron*. Superbe ép. avec une petite marge.

870 -- Réunion dans la campagne des quinze comédiens italiens, qui regardent un chien taquinant des canards. grand in-fol. par *P. Mercier*. Très-rare.

871 — L'AMOUR AU THÉATRE ITALIEN. — L'AMOUR AU THÉATRE FRANÇAIS, 2 p. grand in-fol. par *Cochin*.

872 — LA MUSETTE. grand in-fol. par *Moyreau*. Superbe.

873 — ENTRETIENS AMOUREUX, grand in-fol. par *Liotard*. Superbe avec une petite marge.

874 — RENDEZ-VOUS DE CHASSE. grand in-fol. par *Aubert*. Superbe.

875 — LE BAL CHAMPÊTRE, sans nom de graveur, très-grand in-fol., à Paris, chez les sieurs Van-heck. Doublée.

876 — LES PLAISIRS DU BAL, très-grand in-fol. par *Scotin*.

X 877 — L'EMBARQUEMENT POUR CYTHÈRE, très-grand in-fol. par *Tardieu*. Très-belle ép.

878 — LA MARIÉE DE VILLAGE, très-grand in-fol. par *Cochin*.

879 **Watteau** fils (D'après). Portrait de Lantara célèbre peintre de paysage, de profil en pied dans son galetas il écoute ses oiseaux. Très-rare ép. in-4, avant toute lettre.

880 **Weirotter**. L'Hiver, eau-forte pure remargée. Collée en plein.

881 **Weys** (B.). Saintes Familles, 3 différentes. Vénus embrassant l'Amour, Buste de jeune femme, époque de la Révolution. 5 belles eaux-fortes.

X 882 **Wille** (J. G.) 1757. Ménagère hollandaise d'ap. *Gérard Dow*. Ép. magnifique in-4.

883 — Jeune Joueur d'instruments, in-4 d'ap. *G. Schalken*. Très-belle ép.

884 — Tricoteuse hollandaise, in-fol. d'ap. *Mieris*. Magnifique ép. marge.

885 — Mort de Cléopâtre, in-fol d'op. *G. Netscher*. Très-belle ép.

X 886 — Musiciens ambulants, in-fol. d'ap. *Dietricy*. Superbe.

887 **Wit** (J. de). Les Saisons, allégorie par quatre enfants réunis en groupe. Jolie composition in-4.

888 **Woollett** (W.). The Fishery (la pêche) grand in-fol. d'ap. *Wright*. Superbe ép.

889 — La villa de Cicéron, grand in-fol. d'après *Wilson*. Superbe.

890 — La Solitude, grand in-fol. d'après *Wilson*. Superbe.

891 Les Portefeuilles de la collection.

Vᵉ RENOU. MAULDE et COCK, imprs de la Cⁱᵉ des Commissaires-Priseurs, rue de Rivoli, 144.   29734

RED. :

19

graphicom

www.ingramcontent.com/pod-product-compliance
Lightning Source LLC
LaVergne TN
LVHW050636060726
842527LV00004B/1319